JN215895

ハズレポーションが醤油だったので
料理することにしました

CHARACTER
主な登場人物
ローファス
難しい依頼をこなして世界を渡り歩く、S級冒険者。ユーリと同じ30歳だが「おっさん」と自称。任務や人の世話で忙しく、いまだ独身。
ユーリ
学生結婚をして10年、三十路になるまで専業主婦だった異世界転移者。逆境でも優しさやユーモアを失わず、ひたむきに頑張る性格の持ち主。

孤児院で育ち、ローファスに憧れて冒険者の修行をする少年。運動神経がよく、ユーリを手助けしてくれる存在。
カーツ
キリカ
父親の虐待から逃れるため、ポーション畑で働きながら冒険者を目指す少女。ユーリと出会い、自立心に目覚めていく。
ブライス
ポーション畑で働く子供たちのリーダー。天賦の魔法力を持つ美少年だが、エルフ族の血が流れるため、実年齢は28歳。

Contents

ハズレポーションが醤油だったので料理することにしました

富士とまと

イラスト
村上ゆいち

プロローグ

学生結婚だった。

結婚1年目。

「優莉《ゆうり》ちゃんには専業主婦になってほしい！　就職しなくていいよ。ご飯を作って、僕の帰りを待っていてほしいんだ」

結婚2年目。

「ごめん。今日は、外で食べて帰る」

結婚3年目。

「仕事が忙しいんだ。仕事優先。子供？　まだ若いんだから、そのうちな」

結婚4年目。

「会社の部下の子供なんだけど……、少し預かってくれないか？」

結婚5年目。

「保育園に入れなかったみたいなんだ。彼女に協力してあげてくれ」

結婚6年目。

「子供？　ああ、そのうちな。今は、彼女の子供たちの世話で忙しいだろう？」

結婚7年目。

「どうせお前は専業主婦で、暇だろ？　彼女はシングルマザーで頑張っているんだぞ」

結婚8年目。

「働きたい？　今まで働いたこともないお前に、何ができるわけ？」

結婚9年目。

「彼女に子供ができた！　だから、離婚してくれ。はぁ？　慰謝料？　10年近く家でのんびり、俺の稼ぎで暮らしてきたくせに？　冗談じゃないよ」


……、ブチッ‼


「私だって、働いて、自分で生活できるわよっ！　見てなさい！　離婚？　慰謝料なんてもらわなくても、1人で生活できるようになったら判を押してあげるわよっ！　慰謝料は払わないって言ったのは、あなたの方なんですからね！」

啖呵《たんか》を切って、そのままハローワークに駆け込んだ。

「すいませんっ、仕事を紹介してください！」
「はい、いらっしゃいませ。『冒険者ギルド・西ヘルナ支部』へようこそ」

え⁇

1章　異世界生活1日目「職探し」

ギ、ギルド？　今、冒険者ギルドって聞こえたんだけど……。
最近のハローワークって、若者向けに、ゲームっぽくしてるの？

「登録証を見せていただけますか？」

へ？

「あ、あの、私、仕事を探すのは初めてで、登録とかしていなくて……」

マンションを飛び出して、ハローワークに駆け込んだはず。今、私の目の前にあるのは、まるでゲームの中に入り込んでしまったかのような、木と石の質感漂うカウンター。

カウンターの中の女性は、髪が黄色くて彫りの深い、西洋風の顔立ちをした美女だ。

「では、カードもお持ちではありませんね？」

「は？　カード？」

何の？　クレジットカードもキャッシュカードも、私の名前で作ったカードは何一つ持っていない。

私……。一体この10年、何をしていたのだろう。

料理の腕を磨いて、主人の浮気相手の子供の面倒を見て……。

ああ……、子供たちは元気かな。そう。あの子たちに、罪はないもの。

あの子たちには、幸せになって欲しい。離婚かぁ……。

うん！　早く自立して、あの子たちのためにも、判を押さなくちゃ。そのためには、仕事！

「では、カードを作りますので、ステータスの開示をお願いできますか？」

ステータスの開示？　何それ。ステータスって、地位とか身分って意味だよね。あ、履歴書を見せろっていうこと？　持ってきてないよ……。

戸惑う私に、カウンターの女性がにっこりと微笑んだ。

「あ、大丈夫ですよ。我々ギルド職員には個人情報の守秘義務があって、魔法の拘束もかかっています。ですから、あなたのステータスを漏らすことは絶対にありません」

魔法？

「では、こちらの紙に手を乗せてから、『ステータスオープン』と言ってくださいね？」

今の就活って、こうなってるの？　主人に「世間知らず」だと繰り返し叱られたけど、本当だったかもしれない。10年前、学生の頃に就活で訪ねたハローワークはこうじゃなかった。

「えっと……、ステータスオープン！」

目を白黒させながらも、言われるままに紙の上に手を置いて言うと、半透明の画面が空中に出現した。画面には文字や数字が書かれていて、それがそのまま、手元の紙に表示された。

すごい！　何これ。魔法みたい。

「あっ」

受付の女性が、小さく声を上げた。

「あーあ、こりゃひでぇな。５歳の子供並みじゃないか」

女性の後ろから、ものすごく背が高くてがっしりした30歳前後の男が現れた。

男は、私の手元の紙を覗き込むと、残念な子を見るような目で私を見た。

「これで仕事する……っつっても、紹介できる仕事なんてなんにもないぞ？」

「え、でも、私、困りますっ！　どうしても仕事をしないと」

「んー、嬢ちゃんな、どうしても仕事したいなら、冒険者ギルドじゃなくて、商業ギルドで仕事を探しな。言葉遣いや立ち居振る舞いはちゃんとしてるようだから、そこそこのお屋敷での仕事が見つかるだろうよ」

嬢ちゃん？　そんな年齢じゃないんだけど。もう三十路《みそじ》なんだけどな。ステータスっていうものが「５歳児並み」って、馬鹿にされてる？

「お屋敷の仕事？」

「ん、ああ。掃除したり、洗濯したり、料理ができるなら料理をしたりな」

掃除、洗濯、料理……。

「いやです」

思わず声が出た。

10年間、主人のために、掃除も洗濯も料理も、ずっとずっと頑張ってやってきた。だけど、そんなのは仕事でもなんでもない、って、家で楽してただけだ、って嘲笑《わら》われた。

もし、お屋敷で家事をして、給料をもらって自立できても、きっと主人はこう言うんだろう。

「結局、お前にはそれしかできねーんだ」って。

「私、もっと違う仕事がしたいんですっ！」

悔しい。掃除だって洗濯だって料理だって、プロの家政婦さんに負けないくらい頑張っていた。家事だって、立派な労働だ。

でも、主人はきっと、「〝彼女〟は仕事も家事も両立していた、家事しかしてないお前とは違うんだ」……って、そう言うんだろう。

「うーん、どうしても冒険者になりたいってやつは多いけどなぁ……。どうすっかなぁ」

へ？　冒険者？

「しゃあない。5歳の子供でもできる仕事なら紹介してやる。そこでコツコツ働いてレベルを上げることだ。レベルさえ上がれば、別の仕事も紹介できるからな」

「あ、ありがとうございます！」

「じゃぁ、ついてこい。ちょうどポーション畑に行くところだったんだ。連れてってやる」

ポーション畑？　畑仕事ってこと？　うん、それなら頑張れば私にもできそうだ。ミミズやカメムシくらいなら平気だし。蛇が出てきたら、腰を抜かすかもしれないけど……。

腰の高さほどもあるカウンターに手をついて軽く飛び越え、男の人はこちら側に立った。

あらためて見ると、すごい服装だ。茶系のシャツとズボンとブーツ。それに、革の胸当て。鎧《よろい》の肩当てから、マントがひらめいている。腰のベルトには、剣が……。ゲーム風の世界観を演出するためのコスプレ？

ハローワークの職員さんも大変だな……っていうか、よくこんな西洋顔で筋肉もりもりの、ゲームのキャラクターみたいな人材が都合よくいましたね？


「もう、ローファスさんっ！　勝手に仕事、紹介しないでくださいよっ」

「問題ないだろう？　俺が責任持つからな」

ローファスさんって名前なんだ。

「もうっ。S級冒険者だからって、勝手しすぎですっ！　ユーリさんの個人情報も覗き見しちゃうしっ！　知りませんよ、ギルド長に叱られてもっ！」

ぷんすかと怒りながら、カウンターの女性は、小さな銅色のカードをローファスさんに投げた。ローファスさんは、パシン、と投げつけられたカードを受け取ると、シャツの襟元を留めていた紐を抜き取った。カードに紐を通し、私の正面に立つ。

「ほら、これで嬢ちゃんも冒険者だ。まぁ、レベルが10になるまでは見習いだけどな」

ニッと笑って、紐を通して結んだカードを、私の首にかけてくれた。

大きなローファスさんの手が少し髪に触れる。

ドキンと心臓が跳ねた。

まだ離婚が成立していない既婚者なのに……こうしてネックレス……まぁちょっと違うけど……を首にかけてもらっただけでドキドキするなんて。ちょっと自分が可笑しかった。

「ほらっ、笑ってる場合じゃない。失くさないように、さっさと服の中に入れておけ！」

ローファスさんがカードを摘み上げ、カットソーの襟元を掴んだ。

「きゃっ、な、な、な、……何するのよっ！」

私よりも頭2つ分高い目線から、カットソーの襟元を引っ張られたら、中、見えるよね？

セっ、セクハラっ！

「あ、すまん、いや、悪かった。いや、その……」

ぎっと顔を赤くして睨みつけると、ローファスさんの顔は、私以上に真っ赤になっていた。

ん？　「セクハラ確信犯」とは、感じが違う？

「ローファスさん、ユーリさんを、ポーション畑の子供たちと同じに扱わないでくださいっ。ごめんなさい、ユーリさん。面倒見のいい人なんだけど、世話好きすぎるのが玉に瑕《きず》で……」

子供扱い？　いや、ちょっと待って。私、三十路なんですけど。そういえば、嬢ちゃんって呼んでたのは……本気で「嬢ちゃん」っていう年齢に見られている？

そりゃ身長は１４５㎝しかなくて、童顔でノーメイクで、幼く見られることはあるけれど。日本では子供扱いされることはなかったんだけど、西洋顔の人には子供に見えるの？　そ、そりゃ、目の前の美女のようなメリハリボディじゃないけど……。

っていうか、そもそも仕事を探しに来てるのに、子供扱いされるとかって、オカシイから！

◆◇◆◇◆

ハローワークから出ると、やっと、現実が見えてきた。そんなバカな……。

ここは、家を飛び出して足を踏み入れたハローワークじゃない。ビルも、車も、全部なくなってしまっている。

今、私の周囲に広がっているのは、正真正銘、中世ヨーロッパ風の剣と魔法の「ゲーム」っぽい世界だ。「ゲーム」の中なのか「異世界」なのかは分からないけど……。

1つだけ確かなことは、私の住んでいた日本じゃない。

……本当に、1人で、日本じゃないこの世界で、生きていかなくちゃいけないんだ。お金もなければ、頼る親族も友達もいない。これから紹介してもらう仕事が、私の唯一の生命線だ。

ローファスさんが、荷台付きの馬車を引いてきた。2人で御者台に並んで座る。

「あの、私に紹介してくれるっていう仕事なんですけど……どういう仕事ですか？」

「ああ、安心しろ。5歳児でもできる、簡単で安全な仕事だから」

……やけに「5歳児」を強調するけど、さすがに私、5歳児よりはもう少しマシな仕事ができると思うんですが。

「ポーション畑で、ポーションを収穫する仕事だ」

ポーションって、ゲームとかで「回復アイテム」として出てくるやつだっけ？　飲むと傷や病気が治るというもの？　まさか、畑で栽培してるとは思わなかったなぁ。

「あの……、それで給料は？」

「頑張り次第だな。ポーションを1つ収穫すれば、パンを1つ買える感じだ。実入りが少ない子でも、1日にだいたいポーション5つ。多い子なら、ポーション10個は収穫できるぞ」

えっと、ポーション1つがパン1つ？　パンって日本だと100円くらい？　頑張っても1

000円⁉　あれ、それって生活できるの？　パンは食べられるとしても……。

「住む場所？　ああ、ポーション畑で働いている間は、小屋に寝泊まりするといい。街から畑まで歩くと半日かかるからな。みんな小屋に寝泊まりして、月に1度家に戻るような生活だ」

ほっ。当面の寝場所は、大丈夫そうだ。

「なぁ、嬢ちゃん、嬢ちゃんはどこから来たんだ？　このあたりじゃ見ない顔だろう？」

あ、……やっぱり。日本人顔は、ここでは珍しいんだ。

ギルドを出て街で見かけた人たちは皆、彫りの深い西洋風の顔つきだったもんな。

背が高い人も多い。ローファスさんに至っては、身長が2mくらいありそうだ。他の人を見ても、平均して男性は180、女性は165㎝くらいありそう。それで私、「嬢ちゃん」って言われてるわけかな？　日本でも若く見られてたけど、一体いくつに見えてるんだろうか。

「ローファスさんこそ、何者なんですか？」

今更だけど、全く見ず知らずの男の人についてきちゃって、私、大丈夫なんだろうか？

「ん、まぁ、ただの冒険者のおっさんさ」

おっさん？

「おいくつなんですか？」

「あー、いや、いくつだったかな、そろそろ30か、31か……」

「え？」

まさに同じ年くらい。

「いや、言いたいことは分かる。よく言われるんだ。さっさと身を固めろとな。30にもなって独り身で、婚姻の腕輪もしてないからな……」

「早く結婚したからって、いいとは限りませんよっ」

私は、世間を知らないまま学生結婚をして、後悔しかない。

幸せだった時間もあったはずなのに、今は思い出せない。

「そうだろう、そうだろう。嬢ちゃんは小さいのによく分かってる！」

ち、小さい……。

「ローファスさん、私のこと、何歳だと思ってるんですか？」

「あ、すまん。そうだった。他の子供たちと同じように扱うなって言われてたんだ。俺が思ってるよりも年上ってことだよな？」

15歳くらいか、いやひょっとして成人してるとか？　だがいくらなんでも、レベル1のステータスで、すでに成人済みだなんてあり得ないよな……、とか、ぶつぶつ言ってる。同じ年ですよ、と言ったら、どんな顔をするだろう。

「成人してるかしてないかで、何か違いがあるんですか？」

「成人なら、酒も飲めるし、結婚もできる」

日本とあまり変わらないなぁ。お酒は特に好きじゃないし、結婚はもうしてるんだよな。

こっち（異世界）でも結婚なんかしたら、重婚だよね。……いや、結婚する気なんてないけど、知らないうちにプロポーズされていて、受けてたなんてことになったら厄介だ。

「握手を求めるのが求婚」で、「手を握るのがプロポーズを受けるサイン」なんて風習があったら、間違いなく、知らないうちに結婚しちゃう。成人していないことにしておけば、間違って結婚することはないよね……って、モテてるわけでもないのに、なんの心配してるんだ！

ガタゴトと馬車に揺られ、お尻の痛みも限界だという頃、ローファスさんが前方を指差した。

「あそこがポーション畑だ」

ん？　木々の先に見えるのは、木造の建物1つと、切り立った崖。

畑が広がっているようにはとても見えない。

馬車が、小屋の前に到着した。

「おーい、皆元気か？　新しい仲間を連れてきたぞ、仕事を教えてやってくれ。頼んだぞ！」

ローファスさんが声をかけると、小屋から3人の子供が出てきた。

5歳前後の女の子、8歳くらいの男の子、13歳くらいの男の子。

「えー？　お姉ちゃんが新しい仲間？」

女の子が首を傾げた。

「じゃあな、仕事についてはこの子たちに聞いてくれ。俺は、この先の中級ダンジョンと、その先にある上級ダンジョンの荷物を回収しに行ってくる。3、4日したら、また来るからなー。それまでに、ポーションいっぱい収穫しといてくれよ！」

手を振ってローファスさんは去っていき、残された私の周りに、子供たちが集まってきた。

「あのね、あのね、ポーションはあっちの洞窟で取れるんだよ！」

「スライムを10匹くらい倒すと、1個出てくるんだ！　でもハズレが出ることも多くて、30匹くらい倒して、やーっと1つ手に入るんだよ！」

「あのね、あのね？　スライムをいっぱい倒すと、レベルが上がるのよ！」

は？　スライム？　倒す？　……ポーション畑で収穫って、まさか……。

スライムを倒して、ポーション回収とかって、聞いてないよ⁉

無理だよ、生き物殺すとか！

「えっとね、これで叩いたら倒せるよ。ただ動きが早いから、なかなか難しいんだ」

スライムって、あれでしょ？　つぶらな瞳でぷるんぷるんしてる、かわいらしいやつ。

「お姉ちゃん、早く行こう！　キリカもね、初めのうちは全然倒せなかったんだけど、1週間くらい頑張れば倒せるようになるよ！」

キリカという小さな女の子に引っ張られて、洞窟の中に足を踏み入れた。

中は、ヒカリゴケとかいうもののせいだろうか、壁がうっすらと光っている。目が慣れてくると、意外にもちゃんと周りが見えるくらいには明るかった。

カサカサ。

ひっ！　今の音は……？　そして私の目の端に映った、黒い影は……？

ひゃーっ！「黒い悪魔」っ！　ゴキブリっ⁉

「あっ、早速、スライムが出てきた」

は？　スライム？

「ほら、あそこ！　お姉ちゃん、あれだよ！」

指差す先に、餃子ぐらいの大きさの黒い生き物がいた。黒光りしているそれは、私の知る黒い悪魔と違って、手足のないのっぺりとした形をしている。
ゴ、ゴキブリじゃない。なんだかゆらゆらと、体が液体状に揺れているような気もする。
だけど、なのに、どうして！

カサカサカサッと音を立てて、壁や床や天井を高速移動するのっ⁉　その動きは、まんま、あの黒い悪魔そのものですっ！

「ぎゃーっ、いやぁーっ！」

バシン！

「来ないでー！」

ビタンッ！

近付いてくる黒い悪魔めがけて、次々と、手にしたスリッパもどきを振り下ろした。

「す、すごい、お姉ちゃん！」

「あの素早いスライムを、次々やっつけるなんて！」

素早い？　確かに素早いけれど……。

目の前の物体は、私の知るあの黒い悪魔のように、羽を広げて飛ぶことはない。そしてこの洞窟には、悪魔が逃げたり隠れたりする家具の隙間のようなものがまるっきりないのだ。

つまり……、ずっと私の視界に入ってるのよっ！

うわーっ。バシン！　きゃぁーっ！　バンッ！

はぁ、はぁ、はぁ。助けて……！

「おお、今ので8匹目！」

「そろそろポーションが出るんじゃないかな」

「お姉ちゃん、かっこいい！　畑に入って、まだ5分しか経っていないのに！」

5分で黒い悪魔が8匹も出るって、どこの地獄ですか……。

バシンッ！　手にしたスリッパもどきで、足元に近寄る黒い悪魔を叩き潰す。

「はぁ、はぁ、はぁ……」

スリッパもどきを持ち上げると、黒い悪魔は、黄色い光となって砂のように消え去った。

そして、目の前に、手のひらサイズの小さな瓶が現れた。

「おー、やったじゃん！　ポーションゲット！」

これが、ポーション？

目の前に現れた小瓶をぼんやり見つめる私に、子供たちが叫んだ。

「ああっ、お姉ちゃん、早く手に取らないとポーションが消えちゃうっ！」

「そうだよ、せっかく〝当たり〟だったのに。５秒以内に取らないとなくなるぞ！」

「モンスターをやっつけた本人しか取れないんだよ、急いで、急いで！」

あ、え？　消える？　当たり？　モンスター？

言われるがままに、急いで小瓶に手を伸ばした。

ああ、そうだった。黒い悪魔ことゴキブリそっくりの動きをする生き物は、「スライム」という名前のモンスターだった。

私、異世界に来ちゃったんだっけ。

カサカサ。ひぎゃーっ！　また黒い悪魔がっ！　バシンッ！

カサカサカサ。うぎゃーっ、また来た！

聞いてない！　聞いてないよぉ！

黒い悪魔が出るなんて、聞いてなかったんだから！　ローファスさんのバカァッ！


ポーションを手に、いったん洞窟の外に出る。

無理。あんなにわさわさ黒い悪魔が出る場所にいるなんて、精神的に持たないよっ。

はーっ。ため息を吐いて、掴んだポーションを見る。

ポーションが１００円。１日パンを３つ食べるとしたら、あと２つはポーションが必要だ。

主人の言葉が、頭に響く。「楽な仕事なんてないんだよ。お前は甘いんだ！」……。

……くっ。黒い悪魔がなんだ。怪我をするわけでも、死ぬわけでもない。

身寄りのない女が娼館に身を預けなくても食べていけるんなら……。

ごくんとつばを飲み込み、黒い悪魔の待つ地獄（洞窟）へと再び足を踏み入れる。

「ぎゃーっ！」

バシ、ビシッ。

薄目にしたって見えるんだけど、目を見開く勇気が持てず、薄目で洞窟の中を見る。

「ぎゃーっ！」

「お姉ちゃん、本当にすごいよ。S級冒険者のローファスさんでも、スライム相手にこんなに戦えないよ」

「ローファスさんなら1匹ずつ潰さずに洞窟ごとドカンってできるよっ」

「でもそれだとポーションもドカンだから役に立たないよ」

「ローファスさんをバカにするなっ！」

「バカにしてない。本当のことだもん。スライム相手なら絶対、ローファスさんよりお姉ちゃんの方がすごいの！」

「そんなことないよっ！　ローファスさんなら」

ん？　子供たちが口喧嘩を始めた？　原因は私？

「カーツ、キリカ」

一番年上の13歳くらいの男の子が、口喧嘩を始めた子供たちの名前を強い口調で呼んだ。

なるほど、赤毛のそばかすの浮いた8歳くらいの男の子が「カーツ」ね。ローファスさんはすごいって言っていた子だ。ふわふわの薄い茶色の髪の毛の、5歳くらいの女の子が「キリカ」。私のことをすごいすごいと褒めてくれていた子だ。

「「ごめんなさい……」」

2人がしゅんっと頭を下げた。

「ダンジョン内での喧嘩は厳禁。命に関わる。今度から気を付けるんだぞ」

「ダンジョン？　命？」

え？　このポーションは畑って、命に関わるようなことあるの？

「もしかしてお姉さんは、冒険者登録をしたばかり？　だからここに来たの？」

カーツ君に尋ねられ、こくんと頷《うなず》く。

年長者の男の子がカーツ君の肩を叩いた。

「カーツ」

「ああ……、そうだった。ダンジョン内では、冒険者への詮索禁止だった」

ん？　また言ったよ？

「ダンジョン？」

この洞窟が？　体育館くらいの大きさの、空間が広がっているだけの洞窟が、ダンジョン？

「小さいけどダンジョンなんだよ、だからね、スライムが出てくるの」

とキリカちゃんが教えてくれる。

「えいっ！」

パシン。と、キリカちゃんが黒い悪魔にスリッパもどきを振り下ろした。

「あーん、逃げられた。今度こそ！」

5歳くらいの女の子が、一心不乱に黒い悪魔をやっつけようとしている。ううう。

おばちゃんが頑張るよ！　おばちゃんに任せときなっ！

悲鳴を上げている場合じゃないっ。子供に悪魔退治を任せるほど、私は鬼じゃないからね！

バシッ、ビシッ、ババーン。

「はっ、そこだ！　逃がすか！」

「うおう、なんかお姉ちゃんのスピード速くなった？」

「すごい、やっぱり、お姉ちゃんすごいのっ！」

時々出てくる小瓶を回収しつつ、黒い悪魔を退治しまくった。

「そろそろ時間だ。出よう」

と、リーダーなのかな？　年長の子が、口を開いた。

「えー、でも、私、まだ2つしか取れてない……」

キリカちゃんが不満を口にする。

「キリカ。『ダンジョンルール』だ」

「分かった。体力温存して切り上げること。無理はしちゃダメ」

「そうだ。いい子だ。じゃぁ出るよ」

リーダーの言葉に皆が外に出た。

「ダンジョン内では、自己紹介もできませんでしたね。僕はブライス。レベルはもうすぐ10になります」

年長の少年が洞窟を出たとたんに話しかけてきた。

明るいところで見るブライス君は輝いている。金色の髪が光を受けてキラキラです。そして、恐ろしいくらいのイケメン。いや、美少年です。ま、眩しいっ！

「あ、はじめまして。ユーリです。今日、冒険者登録をしたばかりで、レベルは1です」

「え？　おねーちゃんレベル1なの？　キリカはレベル3だよ」

5歳くらいの子ですらレベル3なのね。そりゃ、この年齢でレベル1だったら驚かれるか。

「変わってますね。普通に生活していれば、10歳になる頃にはレベル2や3にはなっているはずなのに。お姉さんの年でレベル1なんて」

ブライス君が首を傾げた。

「だったら、普通の生活をしてなかったんだろ？　な、姉ちゃん。その年から冒険者目指すっていうのだって相当珍しいし。俺はカーツ。3歳の頃から冒険者目指してる。いつか、ローファスさんのようなS級冒険者になるのが夢なんだ」

目をキラキラさせてローファスさんの名前を口にするカーツ君。

もしかしてローファスさんは、人から憧れられるような人だったりするのかな？

「えー、普通じゃない生活ってなに？　キリカにはわかんないよ？　お姉ちゃん教えて」

「バカっ。病気でずっとベッドの上にいたとか、お嬢様で働かなくてよかったけど家が没落しちゃったとか、人に言いたくない事情だってあるかもしれないだろう？　聞くなよっ」

カーツ君がキリカちゃんの口を慌《あわ》てて塞いだ。

なるほど。普通じゃない生活というのは、自分で何もしない……働かない生活ってことか。専業主婦だった10年間の自分のことを言われたようで、少しだけ傷ついた。

「あの、私、違う国から来たの。私の住んでいた国ではレベルはなくて、ダンジョンもモンスターも何もなくて冒険者もいなかった。だから、いろいろ教えてね」

国というか世界が違うんだけどね。

「え？　そうなんだ！　すごーい！　遠くから来たんだね！」

「じゃぁ姉ちゃんは、冒険者に憧れてこの国に来たのか？」

「キリカ、カーツ、話は小屋に帰ってからすればいい。いろいろ教えてあげるのが先だ」

と、ブライス君がダンジョンで手に入れた瓶を指差した。

がむしゃらに黒い悪魔を叩きまくり、現れた瓶は回収し忘れてはいないと思うけれど。

「本当だ。当たりポーションの見分け方も知らないんだ」

カーツ君が、足元に無造作に置いた瓶を眺めた。

「キリカが教えてあげる！　ユーリお姉ちゃん、これがポーション」

瓶を1つ持ち上げて、軽く横に振った。黄色い液体がゆらゆらと揺れる。

「これはハズレよ」

次に持ち上げた瓶の中身は黒かった。これは見分けやすい。

「これもハズレよ。ポーションじゃないの」

次にキリカちゃんが持ち上げた瓶の中身は、黄色いことは黄色いけれどずいぶん薄い色だ。

しゃがみ込んで、教えられた通りに他の瓶の中も確認していく。

黄色い。これがポーションね。黒、黒、透明、薄い黄色、ポーション。ハズレポーションはいろいろと種類があるんだね。ポーションの選別をしてキリカちゃんに確認する。

「これでいいかな?」

「うん。そうよ！」

キリカちゃんから合格をもらった。ポーションが5つ。ハズレが12。

「ハズレはどうしてハズレなの？　毒?」

「毒ではないけれど、飲んでも回復効果はないんですよ」

すぐにブライス君が答えてくれた。

そっか。回復効果がないのか。ふと、賞味期限切れって言葉が浮かんだ。

……賞味期限、切れてたって私、平気なタイプなんだよなぁ。

薄い黄色の瓶を手に取り、カポっと蓋を開けた。

「あー、ユーリさん、何してるんですかっ！」

口元に瓶を運んだらブライス君に止められた。

「毒じゃないけど、すっごく不味《まず》いんだぞ。吐くぞ！　飲んじゃダメだ！」

カーツ君の顔が青ざめてます。吐くほど不味い？

ブライス君が私の手から瓶を取り上げて地面に落とした。瓶が倒れ中身がこぼれる。瓶の中身がなくなったとたん、瓶が黄色く光り、砂になって消えた。

あ！　瓶だけ利用することもできないのか。ゴミが増えないのはいいけど……。

ハズレポーションは本当にハズレなんだ。何かに使えるかもしれないから、瓶だけでも取っておいてもいいかなぁと思ったけど。

ん？　あれ？　ふと、よく知っている匂いを感じた。美味しそうな匂い。

「次は小屋の説明が必要だね。早く戻って食事をしましょう」

ブライス君がにこっと笑って、小屋に向かって歩き出した。

小屋は個室が10に、ダイニングキッチンと居間でできている。

「こっちがキリカの部屋。お姉ちゃんどの部屋使う？　隣、空いてるよ」

「キリカちゃんの隣の部屋にしようかな」

「うんとね、じゃぁ、扉のそこにカードを近付けて『登録』って言うのよ。そうしたらユーリお姉ちゃんの部屋になるの。お姉ちゃん以外の人は許可がないと入れないのよ」

カード？

「カードって、このギルドで登録した時のこれ？」

キリカちゃんが頷いたので、扉にある小さな出っ張りにカードを近付けて『登録』と言ってみた。ホテルのカードキーみたいなものなのかな？

「収穫したポーションは月に1度回収されます。それまでは部屋に保管してください。他の人間は入れないので安全です」

ブライス君の言葉に首を傾げる。安全？　この子たちが盗みを働くとは思えないけど？

「この小屋も、中のものも、全部ローファスさんが用意してくれたんだよっ！　昔は小屋がなかったから、野宿だったたんだって」

カーツ君がまた目をキラキラさせてローファスさんの話を始めた。

へー。すごいなぁ。小屋といっても、粗末なあばら家ではない。ログハウスのようなしっかりした建物だ。部屋数もかなりある。

「ユーリさんは、どこまで冒険者のことを知ってますか?」

ブライス君の問いに「全然」だと答える。

「お金のある人間は冒険者になるために、冒険者養成学校に通います。僕たちのようにお金のない人間は、ポーション畑や他の仕事でお金を稼ぎながら冒険者としての心得を学び、レベルを上げます」

へぇ。冒険者養成学校なんてものもあるんだ。

ここにいるキリカちゃんやカーツ君やブライス君は、お金のない子供たちってことなのか。

「このダンジョンは、貧しい子供たちがレベルを上げるために来る場所です。そして同時に、お金を稼ぐためにポーションを収穫する場所なんです。野宿や貧しい食事にも耐えられないようなら冒険者としては生きていけない。だから、野宿でも平気なんです」

うっ。そうなの? 野宿か……。

冒険者としてこの先生きていくならば、野宿の覚悟も必要なのか。

「とはいえ、野宿の生活では、せっかく収穫したポーションを狙われ、奪われます。襲われて傷つけられることもあって、それでは冒険者になる前に生きていくことすらできない。だからローファスさんは、未来の冒険者たちのために、この小屋を建ててくれたんです」

あ。そういうことか! 他の人が入れなくて安全な部屋というのは、子供同士でポーションを盗むからではなくて、外敵を防ぐためか。確かに、子供だけで生活していたら、危険きわまりない。ローファスさんは守りたかったんだね。子供たちを！

いい人だ。ローファスさん、めっちゃいい人だ。きっと、結婚よりも優先することが多すぎるタイプ。いつも誰かのためにお金を使ってすっからかん……とか、そういうタイプだ。

「それに、下手な安宿よりよっぽどいいベッドを使っているから、居心地はいいですよ。僕も、ここを出ていくのをつらいと思っているくらいです」

「え？　ブライス君、出ていく、って？」

「はい。レベルが10になると、『冒険者見習い』を卒業し、『冒険者』として畑ではないダンジョンに入れるようになります。だから、ここは卒業です。お姉さんが来てくれてよかった。チビたち2人を残していくのは少し不安だったんです。いいか、カーツ、キリカ。ダンジョンルールについては、お前たちがしっかりユーリさんに教えてあげるんだぞ？」

え？　うそっ！　ブライス君、いなくなっちゃうの？

「うん！　キリカ、お姉ちゃんにちゃんと教えてあげるんだ！」

健気《けなげ》に言いながらも、キリカちゃんは泣きそうな顔になった。そうか……一緒に暮らしてきたお兄ちゃん的存在がいなくなるんだもん、……寂しいよね。

まだ小さくて、親元を離れて暮らしているだけでも寂しいだろうに。

「ご飯食べようぜ！　腹減った！」

しんみりした雰囲気を変えようとしたのか、カーツ君が大きな声を出した。

「これも、ローファスさんが用意してくれたんだ。ここにポーションを入れると、パンかジャガイモが出てくるんだ。だから、食べるものに困らない！」

キッチンの奥に食器棚のような大きな箱が置いてある。小さな丸い穴が目線の高さにあり、下の方に四角い穴が開いている。小さな穴にカーツ君がポーションの瓶を1つ入れて「パン」と言うと、下の穴から、パンがころんと出てきた。まるで自動販売機だ！　すごい！

ブライス君も、同じようにしてパンを出した。

「キリカはどうする？」

ブライス君の言葉に、キリカちゃんは「うーん」と考えてから、首を横に振った。

「今日は2個しかポーションを取れなかったから、我慢する！」

え？　小さい子が食べたいのを我慢？　ご飯を我慢するだなんて……？

「……食べないと、大きくなれないよ？　そうだ、私、5つ取れたから、私が……」

「ダメだ！」

キリカちゃんの分のパンを出そうと、ポーションを穴に入れようとしたら、止められた。3人の目が、こちらに向いている。

「ダンジョンルール。人に助けてもらえると思うな、助けを求めるな」

「な、何それ……？　小さい子がお腹を空かせているのを助けちゃダメなの？」

全員がテーブルに座った。私も、自分用に出したパンを1つ持って、席に座る。

「小さくても、僕たちは冒険者です」

「そして、ここは冒険者としての心得を学び、訓練する場所」

「あのね、ユーリお姉ちゃん。ダンジョンでモンスターと遭って怪我をしちゃった時に、別の冒険者が来ても『助けてもらおう』って考えちゃダメなんだって。だって、助けてくれようとした人が死んじゃうかもしれないんだよ？」

ハッと息を飲む。ローファスさんが携えていた剣を思い出す。

そうだ。ここは異世界だ。剣と魔法の世界。日本よりもずっと、死が近くにある場所なのだ。

「だから、助けてもらおうとしちゃダメだし、助けようとしてもダメなの」

キリカちゃんは我慢するし、我慢しているキリカちゃんを助けないように、私も我慢しなくちゃいけないってこと？

それは、冒険者としての訓練。ダンジョンで、同情心から自らも命を落とすことがないように。

そういえば、洞窟の中でブライス君が、「ダンジョンルール」と何度か言っていた。冒険者へあれこれと聞くことを禁止するのも、相手のことを知りすぎて親しくなると、いざという時に助けたくなってしまうから？

ぎゅっと両目を瞑《つぶ》る。

「だけど……、もし、怪我や病気で何日もポーションを収穫できなかったらどうするの？」

一食抜くくらいなら平気かもしれない。

「僕たちは冒険者だからね。だから、働いて食べる。働けなくなれば、冒険者をやめる。働けるなら、取引する」

「取引？」

「例えばこんな風に。【契約　ユーリにポーション1つを貸し与える　等価返済】。これで、ユーリさんに返してもらうことを条件に、ポーションを1つ渡すことができる。【契約成立】と相手が言えば成立。魔法で拘束されるからね、契約を破棄するとそれなりのペナルティが課せられる」

そうなんだ。取引、契約か。……っていうことは、もしかして？

「ダンジョンでも使えるの？」

「もちろん。レベル1のユーリさんがD級モンスターに襲われたら危険だけど、S級冒険者のローファスさんなら、くしゃみをするより簡単にやっつけられるからね。だから【契約　ダンジョンからの脱出支援　金貨5枚】とでも言えば助けてもらえる」

そうなんだ。よかった。

誰にも助けを求められないとか、誰も助けないとか、そんな世界ではないんだ。

「契約を持ちかけられた方は、自分の能力で達成できる事柄で、報酬にも納得すれば『契約成立』を宣言すればいい」

うん。逆にいいシステムなのかもしれない。相手が死ぬかもしれないのに「助けて」って言うよりは、相手の能力を見込んで「お金を払うから助けて」って言う方が頼みやすい。

……ブライス君がキリカちゃんに「どうする？」と尋ねたのは、契約するかしないかどうするかっていう意味も含めて聞いたのかな？

キリカちゃんは「冒険者」として、一食我慢することを選んだってことだ。

うーん、でもなぁ。まだ幼児と言えるような幼子が食べるのを我慢してるのに、目の前で自分だけ食べるなんて……。おばちゃん、修行が足りなくて、まだ無理だよっ！　いくら冒険者になるための訓練って言われたって……。

部屋に戻って、ポーションの瓶を4つ持ってきてパンと交換し、皆に1個ずつ配った。

「あのね、私の故郷では『引っ越し蕎麦《そば》』っていう習慣があったの。『よろしくお願いします』って挨拶を兼ねて、前から暮らしていた人たちにお蕎麦を配るの。蕎麦はないからパンになっちゃったけど、……これからよろしくお願いします！　よろしくしてくれるなら、パンを受け取ってください。もし、私がここにいるのがいやだったら、受け取らなくていいですっ！」

ペコリと頭を下げる。明日からはもうちょっと頑張ってダンジョンルールに従えるように努力するけど、でも、今日は無理。なので、ごめんね。「日本ルール」というか、日本の習慣「引っ越し蕎麦」の異世界改変バージョンを、使わせてもらいますっ！

「ねぇ、蕎麦ってなあに？」

「よく分かんねぇけど、故郷の習慣なら、受け取らないわけにはいかないな」

「こちらこそ、よろしくお願いしますっ」

すると3人とも、パンを受け取ってくれた。

ほっ。よかった。でも、毎日こういうわけにはいかないよね。皆が、最低でも、お腹いっぱい食べられるだけのポーションを収穫する手立てはないものかな。

パンを食べ終わり、登録した部屋に移動する。

今日から、ここが私の部屋なんだなぁ。明日からも黒い悪魔退治か……。

黒い悪魔……。日本なら叩き潰す以外に「スプレー噴射」という方法もあった。でもここにスプレーはないから、無理だよね。毒を仕掛けて、巣ごと退治する方法もあったな。あ！　そうだ！　ダメで元々だ、明日チャレンジしてみよう。……とか、いろいろ考えているうちに、眠気に襲われて、瞼《まぶた》が下りてきた。

ブライス君の言った通り、なかなか柔らかくていいベッドだったので、異世界生活1日目は、あっという間に夢の中だった。

2章　異世界生活2日目「ハズレポーションは、醤油でした」

朝。

「はっ！　目覚ましが鳴らなかったけれど、何時？」

飛び起きて、異世界だということを思い出す。

えーっと、異世界だとしても、朝することは同じだ。朝食の準備。昨日は自動販売機のような不思議な箱から出てきたパンを食べただけだ。

キッチンへ行くと、ブライス君がいた。

昨日はよく見ていなかったが、キッチンの設備……「かまど」だ。昔話に出てきそうなかまど。鍋や食器類などはある。だけど、食材と調味料の姿が見あたらない。

「ブライス君、冷蔵庫……食糧庫みたいな、料理に使える材料が置いてあるところはある？」

「料理は誰もしないから」

え？

「食べ物は、パンとジャガイモ以外は出てきませんよ？」

と、ブライス君が自動販売機（正式な名前は知らないのでそう呼ぶことにした）を指差した。

「まさか、毎日、パンとジャガイモしか食べてないの？　肉は？　魚は？　野菜は？　だ、ダメだよ！　ちゃんとバランスのよい食事を取らないと！」

目の前が真っ暗になった。育ち盛りの子供たちが毎日毎日パンとジャガイモとは！　しかも時々我慢するとか！　お腹は膨れるかもしれないけど、現代日本人の私には信じられない。

昨日はよく見てなかったけれど、ブライス君に近付いて顔をよく見る。

ずいぶん整った顔をしている。真っ白な綺麗な肌。顔色は悪くない。透き通るような綺麗な金の髪はパサついてない。次に、手を取り爪の色を見る。綺麗な桜色だ。黄色くもないし妙に黒ずんでいることもない。

「ちょ、ユーリさん、な、何ですか？」

ブライス君のシャツをひっ掴んでベロリとめくり上げる。

あばらは浮いてない。腹が妙に膨れていることもないし、湿疹も出たりしていない。

「ユーリ姉ちゃん、何してるんだ！　ダンジョンルール、パーティー内恋愛禁止だぞっ！」

ブライス君のシャツをベロリとめくっている私を見て、カーツ君が慌てて止めにきた。

「え、これが恋愛なの？」

キリカちゃんがシャツをめくって自分のお腹を出す。キリカちゃんの健康状態もよさそうだ。

「は？　恋愛？　何を言っているの？」

意味が分からなくて首を傾げる。

「ローファスさんが、男女が服を脱がすのは、ダンジョン内では厳禁だって言ってた！」

カーツ君の言葉に、カーッと顔が熱くなった。いや、それ、恋愛とは微妙に違う側面もあるとは思うんだけど……まあ、そうか。うん、ローファスさんが言いたかったことは分かった。

確かにその条件でいえば、私は今、ブライス君のシャツをめくっていたわけだし……。

「ご、ごめん！　その、……子供扱いしすぎました」

主人の浮気相手の子供たちを、私は1歳から6歳までの間、育てて……、いや、面倒を見てきた。その子たちと同じに、皆を扱っちゃった。

ブライス君のシャツから手を放して、キリカちゃんの服も整えてあげた。

「ちょっと、健康状態をね、見せてもらったの」

「え？　ユーリさんは、医術の心得があるのですか？」

ブライス君が、驚いたように目を見開いた。

「違うよ。元気かどうか、どこか具合が悪いところはないかなぁって確認するくらいで、医者が必要な状態かどうかを考えることぐらいしかできないよ？　爪や顔の色や肌の状態、それから表情や、動きからね。毎日パンとジャガイモしか食べてないって言うから。私の故郷では、そんな食事を続けていたら体を壊しちゃうの。だから、大丈夫なのかなと思って」

私の言葉を聞いて、ブライス君が説明してくれた。

「パンとジャガイモだけですけど、3日に1本はポーションを飲んでいるので大丈夫ですよ」

ポーションを飲んでいる？　ポーションのおかげで、栄養状態が保たれるの？　すごい！

ポーションすごい！　いや、すごいけど、毎日毎日、パンとジャガイモしか食べられないの？

「料理をしないからって、……果物とか、なんかそのまま食べられて日持ちするようなもの、本当に何もないの？」

「あるよ。不味いものなら……」

不味いもの？　うーん、酸っぱいレモンとか、そういうのかな？　でも、食べ方を工夫すれば、不味いものだって食べられるよね。パンとジャガイモだけの生活よりはマシだよ。

「どこにあるの？」

「こっちだよ」

カーツ君が、小屋を出て案内してくれる。

小屋を出て洞窟のある崖の左側に回ると、大きな岩が積み上がってできた急な坂があった。

カーツ君は器用に登っていくけど。これ登らなくちゃダメ？　仕方がない。食糧確保のためだ。

よいしょ、よいしょ。うわーっ、しんどい！　こんなしんどい思いをして不味いものしか手に入らないなら、そりゃあパンとジャガイモ生活の方がいいって、思っても仕方がないかも。

はぁはぁと息を切らし、疲労で震え始めた足を押さえながら崖の上まで登ると、そこは日当たりのよい広い台地になっていた。木は少なくて、なんだかいっぱい、植物が生えている。

「昔は畑だったんだってさ、この辺。でも、あっち、奥は水はけが悪くて野菜が育たない。だから仕方なく水に浸っても根腐れしない不味い麦が植えてある」

とカーツ君が、奥を指差した。……不味い麦？

「ローファスさんが小屋を建ててくれる前は、ここで育てた食料を食べてたらしいけど、今は使ってない」

かつて畑だったという場所。雑草に交じって、見慣れた野菜の葉っぱも見え隠れしている。ニンジンの葉だよね？　１つ掴んで引き抜けば、オレンジ色の小さなニンジンが出てきた。

「それ、不味いよ」

カーツ君が顔をしかめる。はいはい。ニンジン嫌いな子供は多いですよね。知ってますよ。

それから、近くには玉ねぎも埋まっていた。

「それ、辛いよ」

はいはい。料理せずに生で食べると、時々めちゃくちゃ辛いのあるよね。知ってます。

それからよく見れば、雑草だと思っていたものの中にも大葉やニラなど食べられそうなものがいっぱい混じっている。嬉しい。豊富な採れたて野菜食べ放題だ！

それから、不味い麦というのも見にいく。小麦か大麦か、何がどう不味いのだろうか？

「ちょっと、カーツ君っ！」

カーツ君の両手を掴み、上下にパタパタと上げ下げ上げ下げ。

「嬉しすぎて、一瞬言葉を失ったよ、これが、不味い麦？　どこが不味い麦なの！」

根っこが水に浸かっている。

確かに根腐れして育たない植物も多いだろう。だけど、むしろ根っこを水に浸けて育てた方がいい植物の代表格がいっぱい育っている。そう、米だ！

「だって、これで作ったパンは臭くて不味いよ」

カーツ君が顔を歪《ゆが》めた。

え？　米粉パンとかあったけれど、不味くないよ？　そもそも米が臭いって？　私の知っている日本のそれとは違うんだろうか？　じーっと稲穂に顔を近付けてみる。違いは分からない。

「パンもジャガイモもなくなったいざという時のためにって、不味い麦だけは毎年収穫して小屋に置いてあるけど……。誰も食べないよ」

「それ、本当？　帰ろう！　カーツ君！　小屋に早く！」

「ちょっ……、ユーリ姉ちゃん、大丈夫か？」

ゴツゴツした岩の切り立った、急な坂道を下るのは大変だった。落っこちないようにしがみ付きながら下りたので早く進めるはずもなく、……これ、どうにかならないのかしらね？

◆◇◆◇◆

小屋には、「地下食糧庫」という石造りの地下室があった。

そこに、麻袋が無造作に置かれていて、中には籾に包まれたままの、米があった。

「手伝おうか？」

バタバタと動き回る私に、ブライス君が声をかけてくれた。

「ありがとう。あの、これでパンを作る時は、どうしてるの？」

籾の付いた米を見るのは初めてだ。ブライス君が、見慣れない道具で籾を外してくれた。それを石臼のようなものに持っていく。それ、ぐるぐる回して粉にするやつだよね？

「ブライス君、ちょっと待って！」

そうか。臭くて不味いって、精米せずに使っていたからなのか！　ぬか臭いんだ。

精米しなくちゃ。丈夫そうな鍋を見つけて米を入れ、重たい棒を上から繰り返し落とす。

「何してるの？　お姉ちゃん」

「こうすると、不味い麦が美味しいお米に変わるのよ」

「マジで？　俺、やってやるよ！」

カーツ君が、体力仕事を引き受けてくれた。大丈夫かな……？　と思ったけれど、器用に岩場を登っていた姿を思い出す。うん。私よりも確実に体力があるよね。

「じゃぁ、お願いしてもいいかな？」

カーツ君に任せている間に、キッチンの設備を確認。説明役は、ブライス君。

「水は、そこから出てきますよ」

ポンプみたいなものがあった。よかった。川から汲《く》んでくるとかじゃなくて。

「薪《まき》？　森で拾い集めるしかないかな？」

マジですか？　……それは結構時間がかかりそう。それに、生木を燃やすとすごいことになるんだよね。私にちゃんと見分けられるかな……。

「火の魔法石を使ったらどうですか？　３日くらい使える小さいのなら、ポーション１つで交換できますよ」

と、ブライス君が自動販売機を指差した。

「火の魔法石？」

ファンタジーだ！　かまどの横に小さな窪みがある。そこに火の魔法石を置いて使うそうだ。

ポーション1つね！　それで3日も持つなんて、経済的！　絶対薪よりもいいじゃんっ！

って、ポーションがないっ！　昨日、全部使っちゃったんだ。

そ、そうだ！

「ブライス君、【契約　ポーション1つ貸して　等価返済】」

これでいいのかな？

「了解。【契約成立】」

契約成立、とブライス君が口にすると、ぱぁっ……と、手のひらくらいのオレンジ色の光が現れて、私とブライス君の額に吸い込まれていった。うおう、ファンタジー！

ブライス君からポーションを受け取り、自動販売機に入れる。「火の魔法石」と言ったら、パンが出てきたのと同じところから、爪の先くらいの大きさの赤い石がコロンと出てきた。

よし！　次に、カーツ君から精米してくれた米を受け取る。そのまま鍋に移して洗おうかと思ったけれど、いったんざるにあけてぬかと米に分けた。ぬか漬けとか作れるよね。野菜はぬか漬けにすると、美味しくなるだけじゃなくて栄養価も上がるんだよね。

とはいえ、子供の口に合うかな……。

「……あれ？　不味い麦が、白くなってる！」

「臭くて不味いのは、この茶色いのが原因なの。こうして白くしてから粉にしてパンを作ると不味くないはずよ」

「すごい、ユーリお姉ちゃん、すごい！」

「本当ですか？」

「へー、まじか！　でも、パンなんて作れるのか？」

「パンは作らないのよ。米は炊《た》いて食べます」

鍋に入れて、水で3回研《と》ぎ、水を入れてかまどへ！　はじめちょろちょろ中ぱっぱ、赤子《あかご》泣いても蓋とるな。

「火加減の調整はそこでできますよ」

かまどなのに、超便利！　っていうか、かまど炊きのご飯って美味しいよね！　きっと！

「30分くらいでできるよ。みんなも食べてね。……おかずどころか塩もないけど」

お米は噛みしめれば甘い、というけど。うーん。

「じゃあ、その間にみんな、今日の準備をしましょうか」

ブライス君の声に、皆が元気よく返事をした。

「まずは装備の点検」

装備？　ああ、服装のことね。ほつれている個所や穴の開いている個所はないか。それがどこかに引っ掛かって大怪我につながることもある。ローファスさんのように鎧などを身に着けるようになれば、留めている紐に傷みはないかなどチェック項目も増えるらしい。

ダンジョンに入る時には常に万全の準備をする。生きて帰るために。そのために何をすべきかというのを、ポーション畑でしっかり身に付ける。……勉強になります。

「靴の汚れひとつで足元を見られることもある」と言うので、主人の靴はいつも綺麗にしていた。ワイシャツも毎日きっちり糊付けアイロン。スーツも帰ったら匂い除去スプレーしてズボンはプレスしてしわ取り。ふと思い出して苦笑い。

「武器の点検」

武器といっても、スリッパもどきだけど。みんな真剣にチェックしている。もうちょっとこう、ハエ叩きみたいに柄の長いしなる何かがあるといいのになぁ。

いや、実験するから板か。板があるといい。

「ブライス君、私、新しい武器が欲しいんだけど、大きな板ないかな?」

「ないです」

ですよね。大きな板とか無駄に置いてある家を私は知らない。

「ステータス確認」

皆が「ステータスオープン」と呟いたけど、何も見えない。本人にしか見えない?

「ステータスオープン」

私も真似してみる。うん、レベル1のままだね。

「お？　朝から体力が1減ってる。いつもはMAXなのに。畑まで行ったからか……」

カーツ君が、少し驚いた顔をした。体力って「HP」って項目かな？　えーっと、私は今10分の7になってます。……あはは。朝からすでに30％の体力を消耗したってこと？　大丈夫なのか、私……。

「カーツ、ダンジョンルール」

「万全の体調でダンジョンに臨むべし。大丈夫だよ、食事が終わるまでには回復するさ」

なるほど。体力が減った状態でダンジョンに入るなんて、命を縮める行為ってことね。私も、食事で回復するかな……。

「よし、チェック終了！」

ご飯はまだ炊けそうにない。いつもならパンをかじってすぐにダンジョンかな……申し訳ない。

「ユーリお姉ちゃん、今のうちに、ハズレポーションを片付けよう」

キリカちゃんに手を引かれて、昨日ハズレポーションを置いた場所に連れていかれた。ううう。もしかして、私、5歳児レベルどころか、もっと低いかもしれない。5歳くらいの子にいろいろ教えてもらっています。冒険者1年生なので仕方ありません。

瓶はそのままにしておいても消滅したりしない。中身を捨てると瓶が消える。つまり、中身をいちいち出さないとゴミが増えるってこと。数が増えると面倒だから、ハズレか当たりかを見分け、子供たちはハズレポーションを持ち帰らないそうだ。

ただし、薄暗い洞窟で見分けにくいハズレもあるので、判断に迷った時は取っておくらしい。

2人で、次々とハズレポーションの蓋を開けては中身を捨てていく。

最後に残った黒いハズレポーションをキリカちゃんがとぷとぷと捨てるのを見て、ふと思った。毒じゃないけど吐くほど不味い、って、どんな味なんだろう？　なんて考えていたら、美味しそうな匂いを感じた。

はー。美味しそうだなぁ。

「え？」

ちょっと待って、この匂いって、美味しそうだと思う、この匂いって！

「キリカちゃんストップストップ！」

瓶を逆さまにして中身を出しているキリカちゃんの手を止める。手のひらサイズの瓶の中には、２㎝ほど黒い液体が残っていた。

黒いハズレポーションから微かに伝わるこの匂い。ハズレポーションは吐くほど不味いし、回復能力はないと言っていた。だけど、毒でもないと。だから、うん。

黒いハズレポーションを少し手に垂らして口に近付ける。

「お姉ちゃん、不味いよ。黒いのは1口飲むと喉が痛くなるくらいひどいんだよ。のどが渇いてても絶対に飲んじゃダメだって言われてるんだよ」

キリカちゃんが止めるのを「大丈夫」と笑顔で返して、ぺろりと手のひらの黒いのを舐めた。

「あああ――――っ」

「だ、大丈夫？　お姉ちゃんっ、キリカ、お水持ってきてあげるっ」

ガシッと、キリカちゃんを抱きしめる。

「心配してくれてありがとう。大きな声出してごめんね。違うの、違う、嬉しくて出た声よ」

はーっと、大きく息を吐く。落ち着け自分。

「これ、ハズレじゃないよ、大当たりだよ！　間違いない！　醤油《しょうゆ》だよ、醤油！」

そりゃ醤油は調味料であって飲み物じゃないから、ごくごく飲めばしょっぱくて喉がひどいことになる。だから、ハズレだという気持ちも分かる。

だけど、私は使い方を知っている。飲み物じゃないことを知っている！

黒いハズレポーションがまさかの醤油とか！

「ああ、もう2㎝しかない、もったいないことをした……」

っていうか、昨日も何か美味しそうだと思う匂いがした。あの薄い黄色いハズレポーションからした匂いだ。捨てちゃったけど、もしかして、他のハズレポーションも、飲むと不味いけど料理に使うと美味しい何かだった可能性があるっ！

うわー、もったいないことした！　いや、でも待って、ハズレポーションは当たりよりもいっぱい出たから、頑張る！　頑張ってゴキスラ倒す！　美味しいご飯のためならば……！

「ユーリさん、ぱりぱりって音がしてきましたよ」

おっと、火の番をしてもらっていたブライス君からお呼びがかかった。

火を止めて蒸らしている間に、かまどの横にあるオーブンっぽいものを確認する。本当は七輪みたいなものの方が使いやすいんだけど、これでもできるかな？

鍋の蓋を開けると、ふわーっと炊きたてご飯の美味しそうな匂いが立ち上った。

ああ、なんて美味しそうなの。お米が立っている！　お米の品種は分からないけれど、かまどで炊いた、炊きたてご飯だもん。不味いわけないよね？

お皿に出して少し冷めるのを待ち、手にお水を付けて握る。

「ふわー、すごい、三角になった。お姉ちゃんすごい」

キリカちゃんが目を輝かせている。

「まだ食べられないのか？　別に形なんてどうでもいいんだけど」

カーツ君がお腹を押さえている。

「不味い麦をそのまま煮るなんて変わった料理ですね」

ブライス君の言葉に、心の中で突っ込みを入れる。煮るんじゃなくて炊くんだけど。

おにぎりにしてから。オーブンへ投入！

「まだ、できないのか？　お腹空いたぞ」

「カーツ君、ごめんね。もう少しだけ待ってね？　仕上げはこれだよっ！」

じゃーんと、醤油を取り出す。

「それ、ハズレ黒ポーションじゃん」

「ふふふ、違うのでーす。これはハズレじゃなくて、大当たり。私の故郷の調味料、お醤油と言います！」

「調味料？　冗談だろ、とんでもない味だぞ？」

カーツ君が顔を歪める。

「塩を大量に口に入れたら、とても食べられないでしょ？　醤油も飲み物のように飲んだら不味いに決まってます。でも、ちゃんと量を考えて使えば美味しいんですよ！」

表面がカリッとしてきたおにぎりに醤油を塗り塗り。もう一度オーブンへ。

うはー。醤油の焦げる美味しそうな匂いがしてきました。

「はい！　焼きおにぎりの出来上がり！　熱々なので、気を付けて食べてくださいっ！」

お皿に焼きおにぎりを載せて、フォークを添えた。手で食べるには熱すぎるからね。

あ、そうだ。余分に作ってお昼のお弁当にすればいいんだ。ご飯の残りを全部握って、焼きおにぎりにしちゃおう。

「うっ、うまいっ！　なんだこれ！　ユーリ姉ちゃん、これ、本当にハズレポーションで作ったのか？」

カーツ君に続いて、ブライス君が口を開く。

「ハズレなんて呼ぶのは失礼でしたね。ユーリさんの言うように、当たりでしょう。これ、醤油と言いましたか？」

「はい。醤油です。故郷では普通に大豆から作っていたのですが、えーっと、なんか作り方はとても難しくて専門家の人が作っていたので私には作れなくて……」

昔は各家庭でも味噌や醤油を作っていたりもしたんだろうけど。現代日本人の私には無理だ。スーパーで買ったことしかない。

「それが、手に入って嬉しいです」

キリカちゃんも、ようやくかぷりと焼きおにぎりを口に入れた。

「ほんとーだ、おいしいっ！　カリカリしたところもほくほくしたところもおいしい！　まずい麦とハズレ黒ポーション大好きっ！」

「米と醤油よキリカちゃん。それから三角に握ったものがおにぎりで、おにぎりを焼いたから、これは焼きおにぎりね」

うんとキリカちゃんが頷く。まぁ三角じゃなくてもおにぎりだけど。

「【契約　焼きおにぎり1個　ポーションと交換】。もう1個食べたいっ！」

カーツ君が空の皿を突き出してそう言った。

もちろん、私は首を横に振る。

「えーっ、なんでだよっ！　ポーション2個ならくれるか？」

「カーツ君は畑に案内してくれた。それからお米の精米を頑張ってくれた。ブライス君はご飯を炊くのを見てくれてたし、かまどの使い方とかいろいろと教えてくれた。それからキリカちゃんもいろいろ教えてくれたしポーションの瓶を片付けるの手伝ってくれた。つまり、その労働の対価なんだから、他に何もいらない。いっぱい食べていいのよ」

「え？　でも……」

カーツ君がブライス君の顔色を窺《うかが》う。ブライス君は黙ったままだ。

「私の故郷では働かざる者食うべからずって言葉があるの。逆に言えば働いた人は食べていいってことでしょ？　みんなこの焼きおにぎりを作るために働いたんだから、当然好きなだけ食べていいのよ？」

ブライス君が立ち上がり、部屋からポーションを持ってきた。

え？　素直に食べてくれないの？　受け取れないよ……。

ブライス君はそのまま自動販売機で火の魔法石を買い、私に差し出した。

「ユーリさん、また手伝うので料理を食べさせてください。材料は出し合いますから」

あ、そうか。火の魔法石だけ私が出した（現状借金、借ポーションだけど）んだ。

「私も、私も材料出すよ！」

キリカちゃんが米粒をほっぺたに付けた顔で手を上げた。

「俺も、手伝うし、必要な物はちゃんと出すから！　また食べたい！」

ああ、なんていい子たちなんだろう。ダンジョンルールなんてなければ、ひたすら甘やかしてしまいそうだ。きっとこの世界ではそれでは生きていけないのだろう。

美味しいって言って笑ってくれれば、それだけで料理はするのに。むしろ無理やりにでも食べさせたいくらいなのに。……でも、それじゃダメだから。

「料理をする時には手伝ってくれて、材料はみんなで平等に出し合って、それから、片付けもちゃんと手伝うというなら料理するよ」

「やった！　じゃ、お代わり！」

お代わりで、カーツ君が３つの焼きおにぎり、ブライス君と私が２つ。キリカちゃんが１つ食べたら、お昼用のが残りませんでした。

片付けも皆で手分けしてすぐに終わった。

「では、ダンジョンに。カーツ、体力は回復したか確認」

「はい、ステータスオープン、うわっ」

ステータス画面を見てカーツ君が大声を出した。

「どうした？　まだ回復していないのか？」

「ち、ち、違う、なんか、何にも装備してないのに、補正値付いてる」

補正値？

「カーツ落ち着け。もう少し詳しく説明してくれ」

「防御力がプラス10になってる」

「プラス10といえば、鉄の胸当て付きの革の鎧を装備したら付く補正値か……」

「あー。キリカもプラスになってるよ。防御力ね、5しかないけど、その後ろにカッコでプラス10って出てるの」

ブライス君もステータスを確認して目を丸くした。

「本当だ。僕も補正値が付いている。……考えられるとしたら、あれか」

ブライス君の視線が醤油に向いた。

「ダンジョンでモンスターが落とすドロップ品だ」

ブライス君が醤油瓶を手にする。

「回復効果はないが、別の効果があるというわけか……」

さすがファンタジー。

「でも、前にハズレポーションを飲んだ時はそんな効果なかったはずだぞ」

「ああ、ありましたね。カーツがここに来て3日目でしたか。不味いし効果もないと教えたのに、飲んでしまったことがありましたね」

ブライス君がふっと思い出し笑いをする。

なんだ、私だけじゃないんだ。試しに飲んでみようって思うの。っていうか、カーツ君は経験したからこそ、吐くほどに不味いからやめとけと必死で止めてくれたのか。

「本当に効果がないのかステータス確認したら、回復するどころか不味くて吐いた分、体力消耗してＨＰが減ってたんだぞ。補正効果もなんにも付いてなかった」

そうか、逆に体力を奪われるとか、そりゃ誰も見向きもしないか。

「ですね。カーツのように試しに口にした人も過去にたくさんいたでしょうし、もし補正効果が付くならとっくに発見されて広まっているでしょう。いくら不味くても補正効果のために無理してでも飲む人はいくらでもいたはずです」

そりゃそうだ。青汁だって、不味いけど体にいいからって頑張って飲むわけだし。

「まぁ、分からない話をいつまでしていても仕方がありません。ローファスさんが来たら、尋ねてみましょう。そうだ、ユーリさん、これは武器になりませんか？」

ブライス君が半畳くらいの大きさの板を差し出した。

「大きな板が欲しいと言っていましたから。使っていない部屋の窓の扉ですが」

「ありがとう、わざわざ外してきてくれたんだね！　やってみる。みんなも協力してね！」

私の言葉にキリカちゃんが頷いた。

「ダンジョンルール、パーティーはお互いに協力すること」

◆◇◆◇◆

と、いうわけで、実験です。

玉ねぎ、ニンジン、ご飯、少しずつ洞窟の中に置いてみる。ゴキスラたちを、好きな匂いでおびき寄せて1ケ所に集められないかと。

しばらく洞窟の隅に立ち様子を見る。

うっわー。キモイ。カサカサ、カサカサカサカサ、カサカサカサ……。

みるみるうちに玉ねぎにゴキスラが集まっていく。うえー。マジ気持ち悪い。

いや、そんなことを言っている場合ではない。

「みんな、せーので板をあそこに被《かぶ》せたら上に乗ってジャンプだよっ！」

1匹ずつ叩き潰さずに、1度にたくさん潰せないかということの作戦。

出てきたポーションは誰が倒したのか分からないので、皆で手を伸ばして触れる。そして得たポーションは山分けという約束だ。たくさん取れますように。子供たちが食べるのを我慢しなくちゃいけないなんてことがなく、さらに、少しはお金を貯めて装備を整えられますように。

「せーのっ！」


「こんなやり方があったとは……」

大きな板作戦でゲットしたポーションを運び出しながら、ブライス君が感嘆の声を漏らしている。当たりポーション20個に、ハズレが10個。

あれ？　今回はハズレが少ない。ちぇっ。

「すげーな。ユーリ姉ちゃん、マジすげー。ダンジョンに入って1時間で、1人5個のポーションを達成だぜ！　これを繰り返せば、1日でどれだけ取れるかな」

「……えっと、5個ずつ取れたら、あとはこの方法を使わない方がいいと思うんだけど。ブライス君はどう思う？」

「そうですね。スライムを倒すのは、俊敏性を養う、モンスター感知能力を高める、体力を付ける、などのいろいろな訓練でもあります。ポーションだけが目的ではありませんから」

やっぱりそうか。楽していては訓練にならないもんね。ここは修行の場なのだから。

「じゃぁ、今の方法は、パーティーで息を合わせるチームプレイを養うためということで、1人5個分までは毎日やりましょう。午後は各自訓練の時間っていうことでどうですか？」

にこっと笑うと、すぐにブライス君が頷いた。

「ユーリさんの言う通り、午後は今まで通りでいきましょう」

「まだ午前中だよ、もう1回あれやる？」

首を横に振る。

「午前の残った時間は、食事のための時間にしませんか？」

私の提案は拒否されるかとも思ったけれど、朝食べた焼きおにぎりがよほどお気に召したのか誰も反対しなかった。

畑の手入れと収穫。お米の精米。それから湖もあるというので魚釣り。肉は罠を作って動物を捕まえることにする。

今まではポーションを手に入れることにほぼ全ての時間を費やしていたけれど、1時間で5

本という本数を手に入れられることになったので、残りの時間を食事の準備に回せるようになった。

今日は初日なので、畑の手入れだけで午前が終わってしまった。お昼はパンで済ませる。

「ステータスオープン。ＨＰオッケー。あ、増えてた補正値が元に戻ってる！」

午後のダンジョン入り前のステータス確認で、カーツ君が声を上げた。

「キリカも。いつもと一緒に戻ってる」

「というか、いつ補正値は切れてたのでしょう？　継続時間も確認すればよかったですね」

ブライス君が、うーんと首を傾げた。

「あっと、忘れないうちに、これありがとう」

借りていたポーションをブライス君に返す。

「【契約終了】」

ブライス君の言葉に、オレンジ色の光が額から出て消えた。ああ、すごい。

「それから、えっと、今日はそれを確かめたいので、午後のダンジョン休んでもいいかな？」

それとは、ハズレポーションのことだ。黒以外の中身をまだ確認していない。醤油以外も〝何か〟かもしれない。確かめたくてうずうずしているのだ。

「ええ。休むのはもちろん各自の判断で自由ですよ」

「ダンジョンルール、ダンジョン入りを強要してはならない、だったよな」

そうか。よかった。今日は返した分を差し引いても4本あるから十分。

「じゃ、みんな気を付けて行ってらっしゃーい」

と送り出し、早速ハズレポーションチェック。まずは薄い黄色のポーション。

きゅぽっと蓋を開けて匂いを嗅ぐ。

「あ！　この匂いは……」

もう1つ似たような色のもの。

「え？　この匂いって……」

それから次。

「うへ、直接匂いを嗅ぐものじゃないっ、でも、これ、あれだ」

みりんに、料理酒に、酢。

どれもこれも直接飲んだらすごいことになる。料理酒やみりん風調味料は、お酒として飲まれないようにわざと不味くしてあるらしい。酒税法がどうとか。

それから酢なんて……薄めずそのまま飲むとか想像しただけで何の罰ゲームなのか。

今度は黒い方。……醤油。ソースもあるかと期待したけれどなかった。

あと欲しいのはケチャップとかマヨネーズとか……。どれもとろみが付いていて、ポーションのように液体状じゃないから出てこないのかな？

ハズレポーションを確認して調味料の種類も増えました。えへっ。あれを作ろう。

畑から玉ねぎとニンジンは取ってきてあるし、ジャガイモは自動販売機から出てくる。ちょっと足りない材料もあるけど、仕方がない。

そういえば卵はこの世界にはないのかな？　自動販売機から出てくるといいのにな。

材料を刻んで、煮て、味を付けて、火の魔法石の消費を節約するために、鍋は火からおろして使っていない部屋の布団でぐるぐる巻いて保温調理。

あとはご飯と、何かメインディッシュが作れるといいんだけどなぁ……。湖に行ってみよう。釣りなんてしたことないから、釣れるか分かんないけど。


小屋から西側に進むと、川と湖があると言っていた。バケツと釣り竿もどきを持って、てくてく歩いていく。木々の合間から、光を受けてきらきらと輝く水面が見えた。

うわー、綺麗。

透き通った水。魚が見える。……水浴びとか、してもいいかな？

残念ながら、小屋には風呂もシャワーもなかった。日が高くて気温も温かい。今なら、水に入っても風邪をひくことはないだろう。

きょろきょろとあたりを窺う。怖い獣もいなさそうだし、人目もない。

「冷たっ」

水は少し冷たいけれど、慣れれば大丈夫。

あー、石鹸も欲しいけど、水浴びできただけでもラッキーと思わなくちゃ。どっかに温泉とか湧いてないかなぁ。

ガシャンッ。

大きな音がして、振り向く。

「す、すいませんっ」

足元に落としてひっくり返ったであろうバケツ。

真っ赤な顔したブライス君が立っていた。

「あ……」

ごめん。子供ばっかりだから無防備になりすぎてた。

そうだよね、ブライス君の年ともなれば、女の子を意識するだろう年齢だよね。下半身は水の中だけれど、あまり豊かではないが多少は膨らみのある胸は水の上だ。ごめん、本当ごめん。

トラウマにならなきゃいいけど。

「私こそごめんねっ、あの……」

ブライス君が後ろを向いてくれたので、そのまま水から上がり、服を身に着ける。あー、タオルもない。何やってるんだ、いい大人なのに、私。

「もう服着たから大丈夫だよ。ブライス君も魚取りにきたの？　私も、釣りをしようと思ってきたんだけど、えっと」

何でもないことなんだよー、私は平気と伝えたくて、普通に話をしてるんだけど、ブライス君は向こうを向いたままだ。うーん、このまま気まずい感じになるのはいやなんだけどなぁ。

しばらく沈黙が続き、ブライス君が意を決したという顔をして振り向いた。

「ユーリさん」

「はい」

「結婚しましょう！」

え？　あ？　まさか、裸を見た責任を取って結婚とか、こっちの世界って、そういうのがあったりするわけ？　いやいやいや、今のはただの事故だし、私はすでに結婚してるし……まぁ、離婚間近ではあるわけだけど。っていうかね、私、おばちゃんだから！　三十路よ、三十路。それでもって、ブライス君は13歳くらいだよね？　どう贔屓目《ひいきめ》に見たって、せいぜい15歳でしょ？　私はショタコンではありません！

「ごめんなさい。年下の男の子とは結婚できませんっ！」

ぺこりと頭を下げる。

「そうか……。あの、皆には黙っていたんだけど、僕、少しだけエルフの血が流れていて」

エルフ？　ふぁ、ファンタジーだ！

「人よりも成長が遅くて」

ああ、長寿な種族とか言うものね、エルフって。

「こう見えても、年齢だけでいえば28歳なんだ」

ん？　え？　は？　合法ショタか！

いやいやいやいやいや、見た目は小学生、頭脳は大人とか、無理、無理無理無理！　いくら実年齢が近くても、見た目小学生にときめくとか、そんな精神持ってないから！

小刻みに、頭をフルフルと横に振る。

「……逆に、年上すぎていやかな？」

いや、年上じゃないよ？　私の方が上です。というか、私をいくつだと思っているのだ！

「その、もちろん婚約という形で、ユーリさんが成長するのを待つし……あの、僕もあと5年もすれば、見た目と年齢のギャップはなくなるはずだから……」

にこっと笑われましたが、……笑えない。

「いえ、そういうことじゃなくて、あの、本当に気にしてないから。うん、えっと、責任を取って結婚するとか、そういうの必要ないです！」

「責任じゃなくて……。初めて見た時に、黒い大きな瞳が魅力的だなと思ったんだ。素早い動きでスライムを倒す姿も、かっこいいと思った。そして……美味しいものを作れるところにも惹かれた。何も言わずにポーション畑を卒業しようと思ったけれど、でも、その……」

照れた顔で言われても、言われてもな……。

小中学生にしか見えない男の子なんだもん。いくら年齢が28歳と言われても……。

「ごめんなさい。その……」

もし本人が気にしているなら傷つけちゃうかもしれないとは思ったけれど。中途半端に期待を持たせることの方が罪だ。

きっと、ポーション畑を離れてしばらくすれば忘れるだろう。

「見た目が年下の男の人とは、結婚できませんっ！」

もう一度、ぺこりと頭を下げる。

「うっ」

ブライス君が胸元を押さえた。

うお、ごめん。でも、でも。

「……いいよ。ユーリさん。どうせ5年は我慢するつもりだったんだ。成長が遅かった分、僕のエルフの血は濃いってことだから。5年経ったら、エルフらしい男になって、もう一度ユーリさんの前に現れるから」

え？　エルフらしい男ってなんだ？　耳が尖《とが》って、弓矢を持っているのかな？

「じゃあ、ユーリさん、魚を釣りましょうか。料理してくれるんですよね？」

「う、うん。本当は塩があるといいなぁとは思うんだけど、醤油があるし、美味しく食べられると思うよ」

頭に浮かんだのは鮎の塩焼き。醤油を垂らしても美味しかったはずだ。

「醤油、本当に美味しかった。塩のようなしょっぱさと、焼けた時の香ばしさと、なんだろう不思議な味だった」

「そっか。あ、そうだ、この国にはどんな調味料があるの？　塩とか砂糖は普通に手に入る？あと香辛料類もあるのかな？」

「僕は料理をあまりしないから詳しいことは分からないんだ。塩は国が管理しているから手に入らないような値段になることはない。砂糖は高級品で、主に貴族が食べるものですね。香辛料と呼ばれるものも貴族たちは普段から食べていると思う」

そうか。いやぁ、どこの世界も似たようなものか。

地球でも昔は、砂糖も胡椒も金と同じ価値があったんだもんねぇ。

そして、塩を国が管理してるってのは課税対象になっているのかな？　国が海に面していなくて全て貿易に頼らなくてはならないのかなぁ？

香辛料が手に入りにくいのだとすると、ハーブ類はどうなんだろう？

畑には薬味類がいくつかあったようだけれど、ハーブあったかなぁ？

ブライス君はそのあとはいつも通りだった。さすがに見た目は子供だけど中身は大人だ。私が困らないように、気を遣ってくれているのだろう。

それとも、もう一時の興奮状態が冷めて気持ちも落ち着いたのかな。

◆◇◆◇◆

「夕飯できました！」

魚はオーブンで焼いただけ。ブライス君に火加減を見てもらって炊いたご飯は鍋ごとテーブルにドーンと置いた。

「ここからお皿に取って食べてね」

しゃもじはないので、大きめのスプーンを1つ、鍋に突っ込む。

「あ、そうだ。もう1つあったんだ。待っていて」

保温調理しておいた鍋を取ってくる。蓋を取って中を確認。うん、いい感じに火が通っている。まだ鍋もあったかだ。

調理台の上に置いて、皿によそっていく。

「え、これ何？」

キリカちゃんがお皿をテーブルの上に運ぶお手伝いをしてくれる。

「本当は肉があればよかったんだけど、肉なしの肉じゃがだよ」

「肉じゃが？」

肉が入っていないのに肉じゃがっていうのもどうかと思うけれど、まぁ味付けとそのほかの材料が肉じゃがなので。

テーブルに全員着いたところで、カーツ君が「ステータスオープン」と言った。

皆でステータスを確認してから食事を始める。

「うまい！」

カーツ君が肉じゃがを口にしたとたんに叫んだ。

「わぁ、これ、甘いよ。醤油を使ったんでしょう？　醤油はしょっぱいのに、甘いよ」

「ふふ、それはね、コレ。みりんも使ったから少し甘いのよ」

薄い黄色のポーションを見せる。

「あ、それハズレの薄黄色だ！　それも調味料なんだね！」

キリカちゃんがすごーいと言っている。

「カーツ、ステータスを確認してみろ」

ブライス君の言葉にカーツ君が再びステータス画面を出した。

「防御力プラス10、攻撃力プラス10になってる」

「そうか、僕もだ。……食事前と今で補正値が変化したようだ。間違いない。この食事が補正値をプラスしているんだろう」

「へー、そうなの。って、話はあとあと。温かいうちに食べて。魚には、こうして醤油を少し付けて食べるといいよ。あ、酢醤油も美味しいかもしれないね。酢醤油……餃子作れないかな。ニラとキャベツはあったし、肉がなくても野菜餃子は作れそう。ちょっとあっさり味になるかもしれないけど、明日は餃子にするよ！」

酢醤油は明日の楽しみに取っておくことにして、魚には醤油を少し垂らして食べる。ご飯に載っけてぱくり。

「あー、美味しい。炊きたてご飯に醤油の香り。身がしまった魚は甘みもあって、最高」

「うん美味しい！」

「野菜って美味しかったんだな。畑、もうちょっと手入れ頑張らないとな」

カーツ君がニンジンと玉ねぎを食べながらうんうんと頷いている。

「残念だ。こんなに美味しい料理を食べられるのも、あと数回か」

ブライス君が呟いた。

皆の視線がブライス君に集まる。

「今日、レベルが10になりました。ローファスさんが来たら、卒業です」

キリカちゃんが、ぐっと唇を引き結んだ。

カーツ君は、少しだけ下を向いて、すぐに顔を上げた。

「じゃあさ、お祝いしなくちゃだよな！」

別れが寂しいという気持ちを押し殺して、カーツ君が笑う。

「うんっ！　お祝いならご馳走を作らなくちゃ！　そうなると、肉が欲しいかなぁ」

「ねぇ、今日はいっぱいポーションが取れたから、明日は午後から狩りにいこうよっ！　キリカもレベルが4になったから、狩りに出られるよっ！」

狩り？

「そうだよ。たまには狩りで体を鍛えるのもありだろう、な？」

ブライス君が頷いた。

「確かにそうですね。では、明日は森で狩りをしましょう。食事のあとに各自明日の準備を」

「あの……、狩りって、鳥とかウサギとか猪とか鹿とかを捕まえるアレだよね……」

肉が欲しいと言ったものの、この世界にスーパーと切り身の肉はないわけで……。

「ごめん、みんな、動物を……私、捌《さば》けないいっ」

動物を狩ったあと、食べられる肉にするまでにいろいろあるんだよね？

「大丈夫、僕がやりますよ」

ブライス君が笑う。うっ。子供の顔をしてるのに、めっちゃ頼りがいのある大人に見えたよ。

「ありがとう、でも……」

もうブライス君はいなくなるのだから、これからのことを考えたら……。

「教えて欲しいというなら、もちろん教えます」

よろしくお願いします！

3章　異世界生活3日目「秘密の契約」

次の日。みんなで協力して、なんと、小型の猪を捕まえました。

解体法を分かりやすく説明しながら、猪を捌いてくれたのはブライス君だった。カーツ君もキリカちゃんも、不器用ながらも手伝って、解体法を学んでいた。

私だけ、吐いた。情けない。

「謝ることはないですよ？　僕にできないことがあるように、ユーリさんにもできないことがある。それだけ。助け合えばいいだけですから」

「そうだぞ、ダンジョンルール、助け合いだぞ！」

うん。ありがとう。ごめん。……情けない。

「子供にもできることができないなんてな。そら見たことか、お前には仕事なんて無理なんだ！」という主人の声が、頭の中に響く。

「ありがとう。でも、できるようになりたいから。また吐くかもしれないけど、覚えたい」

「じゃぁ、まずはカーツとキリカがしっかり覚えておくんだぞ。僕がいなくなったら、お前たちがユーリさんに教えてあげないとダメだからな？」

小屋から紙とインクとペンを持ってきて、「皮を剥《は》ぐ時は毛並みを確認して、それから」とか、「食べられる部分は」といったブライス君の説明をメモする。

料理で肉に包丁を入れることはできるのに。ああしてさっきまで生きていた、動物そのままの形をしている肉に刃物を入れることができないなんて……。

少しずつ慣れていくしかない。

紙は日本のより質が悪いけれど、それほど貴重品というわけではなく普段使いできる。

普通に言葉が通じているし、文字も読めるけれど、メモする手元を見てブライス君が故郷の文字ですか？　と言っていたから、書く文字まではこっちの世界と共通にはならないらしい。こっちの文字も書けるように教えてもらわないといけないなぁ。

小型の猪とはいえ、肉の量はすごかった。腐る前に食べられる量以外は保存用に加工する必要がある。干し肉の作り方をブライス君が説明してくれる。カーツ君とキリカちゃんが手伝いで、私はメモ。メモを終えてから料理を考える。

肉か。焼くのが手っ取り早そうだけど……。塩も胡椒もない。となると、焼いて醤油かける？　照り焼き？　鶏肉なら照り焼きもありかなぁ。豚肉……猪だけど、豚だとうーん。あるものといえば、酒、みりん、醤油、酢。

そういえば、ポーションってどんな味なんだろう？　当たりは試したことなかったなぁ。

「ちょっと畑に行ってくるね！」

まだ雑草だらけで手入れが行き届いていない畑。広さだけは十分あるから、どこに何があるのか歩き回らないと分からない。餃子は今日はやめることにして、あれがないか、探す。

「あったぁ！　ネギ！」

嬉しい！　ネギ、大好きなんだよね。ニンニクや生姜があるといいなぁ。胡椒も生えてないかな……。と、期待しつつ探し回るけど、見つけられなかった。残念。

ネギと、ナスを持って畑を下りる。本当は砂糖も欲しいところだけど、この世界では貴重らしいので砂糖なし……うーん。ちょっとこれだけ材料欠いていて作るのは無謀かなぁ。

小屋の前に戻ると、焚火で肉をあぶったり、肉を吊るすために蔓を編んだりと3人ともせっせと働いていた。あー、元気だなぁ。私は狩り（森の中を、獲物を探してうろうろしただけだけど）して、吐いて、岩山上り下りして、へとへとだよ。

……そ、そうだ。

「ステータスオープン」

HPが15分の4になっている。

お、レベルが1から2になっている。

レベルが上がったから分母が10から15に増えたんだ。でも、体力の残りは4とか……。休憩すれば回復するけれど……。

働いている子供たちを見る。1人だけぼんやりするのは申し訳ない。主人の「体力もないくせに外で働くつもりだったのか」って笑い声が頭の中にこだまする。うるさい！

体力は徐々に付いてくよ。もう10から15に上がったんだもの！　このまま冒険者として頑張ればもっと体力も上がるはずなんだから！

そうだ！

部屋に戻って、ポーションを1つ手に取る。ちょうど味も気になってたし、それに効果とかも気になる。きゅぽんと蓋を取り、口に運ぶ。

「！」

何これ！　炭酸飲料だ。ぷつぷつと瓶の中に現れた小さな泡粒。黄色い色。

「この見た目、栄養ドリンクっぽい」

栄養ドリンクを飲めば、確かに疲れが取れる……。まさかね？

「で、ちょっと辛くて甘いこの味は……なんだっけ？」

ごくごく。ぷはっと飲み干して、ステータスを見る。4だったＨＰが5になっている。

「え？　1しか回復しないの？」

と思っていると、5が6になった。

それからしばらくして7に。およそ20秒で1回復するようだ。

思っていたのとちょっと違う。飲んだ瞬間に、ばばばばっと回復するものだと思っていた。

うん、でもそういうものなのかなと画面をぼんやり見ていると、飲み干して空になったポーションの瓶が光って消えた。消える時にふわっと香りが立つ。

「あ！　思い出した！　ポーションってジンジャーエールの味だ」

すりおろしたばかりの生姜を使った本格的なジンジャーエール。辛みの強いあの味だ。

「あっ！　そうだ！」

ポーションを1つ掴んで小屋の外へ。

「みんな、パーティー料理の材料にポーションを1本ずつちょうだい！」

自分のものから出すのは簡単だけれど、先輩冒険者の子供たちは認めないだろう。

「え？　ポーションを料理に？」

ブライス君が驚いた顔をしている。

「ん？　もしかしてなんかやばい？」

「いえ、聞いたことがなかったもので……」

「何かと混ぜると変質して毒になったり、爆発したりとかそういうとんでもないことが起きたりとかするのかな？」

　カーツ君が大丈夫じゃないのとあっさり言った。

「だって、小さい子に飲ませる時さ、ミルクやお湯に混ぜたりしても何も起きないよ？」

　カーツ君の言葉に、ブライス君が頷いた。

「ああ、そうでしたね。料理に使うというのは聞いたことがありませんが、小さな子には薄めて飲ませますね。それに、初級ポーションは効き目も弱いですし、問題はないでしょう」

　初級ポーションで効き目が弱い？

　栄養ドリンクみたいな色を思い出す。うん、確かに栄養ドリンクも、安いのから高いのまで効き目の強さも違ったね。

「ハズレポーションを使ったみたいに、おいしいものができるの？　キリカ楽しみ」

　キリカちゃんが部屋からポーションを取ってきた。カーツ君とブライス君も持ってくる。

「あ、ブライス君のお祝いパーティーなんだから、ブライス君はいいよ。ね、キリカちゃんカーツ君。私たちからのお祝いのプレゼントっていうことで、どうかな？」

　ポーション1つだけど。働いて得た稼ぎだ。小さな子供たちの大切な1本。

「うん。キリカ、それがいい。ブライスお兄ちゃんにプレゼントしたいっ！」

「俺も。ユーリ姉ちゃん、足りなかったら言ってくれ！」

みんな笑顔だ。

ブライス君は少しだけ泣きそうな顔をしている。嬉しいんだね。嬉しすぎて泣きそうなんだ。

「ありがとう……」

「さ、私は料理を作るね！」

小屋の外では燻製《くんせい》肉も作るようで、即席の燻製小屋が建てられている。煙がすごい。

そういえば、火の魔法石を使うと煙が出ないんだよね。燻製を作るためには薪がいるみたい。

今日のメニューは、ご飯に合うはずなので、ご飯を炊く。

そういえば、不味い麦と呼ばれる米は食糧庫に豊富にあるけれど、麦はないのかな？　小麦粉があれば料理の幅も広がるんだけどな。うどんとかも作れるし。

さて、小さな器にポーションと酒と醤油を入れて味を見る。しばらく火にかけて変な味が出ないか確認。オッケーです！　砂糖も生姜もないのに！　ジンジャーエールがあれば、なんにも問題ないです！　なんせ、ジンジャーエールの材料は、砂糖と生姜だもん。

あとは、お肉をコトコト。ネギと一緒にコトコト。

うん、いい色になってきたよ！　こんなに贅沢にたくさんお肉を使って作れるの幸せ！

なんせ材料費はポーションと火の魔法石だけだもんね。あとは現地調達！　人件費のみ！

あれ？　これ、仕事して自立して食べてるって言うのかな？　……？

おっと、考えるのはあと。自給自足だって自立だろうからね！

今はレベルが上がったとはいえまだ2だ。自立するためにはまずはレベルを上げて、この世界の一般成人女性並みにならなくちゃいけない。

っていうか、私の今の立場は「見習い」で、「修行中」だもんね。頑張ろう。

◆◇◆◇◆

日が暮れ、夕飯の時間です。

テーブルの中央にいつものようにご飯の鍋とおかずの鍋を置きます。

お代わり自由スタイル。各自のお皿にまずは少しずつよそっておきます。

「今日のメニューは、ご飯に焼きナス、メイン料理は猪を使った『豚の角煮』です！」

豚じゃなくて猪だけど。まぁいいや。

「お肉だよね？　キリカ、焼いたのとシチューに入ってるの以外のお肉を初めて見たよ」

「僕もです。いろいろな料理を食べてきましたが初めて見ます」

「いっただきまーす！　うわっ、柔らかいっ」

カーツ君がフォークを勢いよく角煮に突き刺した。焼いて硬い肉をイメージしたのか、フォークは抵抗ないくらい柔らかい肉を貫きお皿にガチリと当たった。

「カーツ、食べる前に」

ブライス君が口に入れる前に止めた。

「そうだった、ステータスオープン。いっただきまーす」

カーツ君の目がまん丸になる。

「うまい！」

よかった。美味しいって言って食べてもらえるのが一番嬉しい。

キリカちゃんやブライス君の美味しそうに食べる顔に満足して、私も豚の角煮を口に入れる。

「あー、よかった。ポーションでも料理できたね」

とろりととろけるように柔らかく煮込んだ角煮。生姜とネギが肉の臭みを消している。

醤油の香りも残っているし、甘みも出ている。

酒、醤油、生姜、砂糖……それが私の知っている角煮のレシピだ。今回は料理酒のようなハズレ薄黄色ポーション、醤油のようなハズレ黒ポーション、それから生姜と砂糖代わりのジンジャーエール風当たりポーションを使った。問題なかったようで、よかったよかった。

「うわぁっ！」

突然カーツ君が大声を上げた。

「また補正値付いた。防御力とＨＰに補正値。しかもＨＰ回復スピードがいつもより早い」

「ステータスオープン、本当ですね。当たりポーションの効果がＨＰ回復？　他は……」

と、また何やら考え込みそうになったブライス君に微笑みかける。

「あとにしよう。ご飯はあったかいうちにね」

「キリカお代わり！」

キリカちゃんが角煮とご飯の両方をお代わりする。

「俺も！」

和気あいあい、皆で仲良く食卓を囲んでいると、外で大きな音がして、乱暴に小屋のドアが開けられた。

「大丈夫か、みんな！」

ローファスさんが髪を振り乱し、鬼気迫る表情で姿を現した。

「あ、ローファスさんだ」

「あれ？　もう来たの？　ずいぶん早いね」

キリカちゃんとカーツ君が食べ物を詰め込んだまま口を開いた。

これはあとで教育しなくちゃ。お口に食べ物を入れたまま話をしちゃダメだって。

「何かあったんですか？　山賊でも現れましたか？」

さ、山賊？　ブライス君の言葉に背筋が寒くなる。

「あ、いや、無事ならいいんだ……」

ローファスさんがほーっと息を吐き出して、ふらつく足取りで空いている席に座った。

「S級冒険者のローファスさんが息を切らすなんてよっぽどのことがあったのでは？」

「中級ダンジョンに着いたら、ポーション畑で煙が上がっていると聞いてな……」

え？　それって、心配して駆けつけてくれたってこと？

乱れた髪の毛を整えるように、額に落ちた髪をローファスさんが掻き上げた。

目には安堵の光。まだ息は荒いけれど嬉しそうに口角が上がっている。

「中級ダンジョンからここまで数時間で駆けつけるなんて、ローファスさんすごいっ！」

カーツ君の目が輝く。

「いや、さすがにちょっと疲れたな」

疲れたと言いつつも、カーツ君の賛辞に悪い気はしていないようだ。

「すいません、心配をおかけして。肉の燻製を作ってた煙です」

ブライス君が頭を下げた。

「燻製？　そういえば、これはどうしたんだ？」

少し落ち着いたのか、ローファスさんがテーブルに並んだ料理を見た。

「あのね、あのね、ユーリお姉ちゃんが料理をしてくれたのっ！」

キリカちゃんの言葉にローファスさんが私を見た。

皿に角煮をよそい、フォークと一緒にローファスさんに手渡す。

「違うわ。私じゃなくて、みんなで作ったんですよ。よかったらどうぞ」

「あ、ああ、ありがとう。見たことのない料理ばかりだな。そうか、皆で作ったのか」

ローファスさんが豚の角煮にフォークを突き立てた。

「うわっ、これ、肉だろう？　柔らかいな！」

フォークが角煮を貫いて皿をカチンと鳴らす。

「ふっ、カーツ君も同じこと言ってました」

音を立てるところまで同じ。まるで似たもの親子みたいでおかしくなった。

「旨い」

角煮を1口で食べ、すぐに顔全体で美味しいって言ってくれる。嬉しい。

「もっともらっていいか？」

「もちろんです」

「ローファスさん、パンの代わりに〝不味い麦〟と一緒に食べてください」

ブライス君が別の皿にご飯を載せて差し出した。

「不味い麦？　パンもジャガイモもストックがなくなったか？　すまん、急いで補充するよ」

ローファスさんが申し訳なさそうな顔をする。

「ううん、まだあるよ。あるけど、不味い麦の方が美味しいんだ」

ローファスさんが、カーツ君の言葉を聞いてご飯に視線を落とす。

「そういえば、変わった食べ方だな？　パンにしなけりゃうまく食べられるってことか？」

ローファスさんがフォークでご飯をすくって口に入れる。

「なるほど。不思議な食べ物だが、美味い。汁かけたらさらに美味いな！」

ローファスさんは角煮の汁をご飯にかけて食べた。牛丼屋行ったらつゆだく派ですね！

あ、牛丼も作れそうだなぁ。うん、牛肉っぽいものが手に入ったら作ろう。

と、そこから先、ローファスさんは口を開くことなくご飯を盛り、汁をかけ、角煮を頬張り、むしゃむしゃむしゃひたすら食べだした。

「あー、なくなっちゃう！　ローファスさん、キリカもまだ食べるの！」

「すまんすまん、あんまり美味しくてついな……あれ？」

ローファスさんが首を横に小さく振った。

「えっと、どうしたんですか？」

「ポーションを飲んでないのに、ずいぶん体力が回復したような気がして」

「ポーション入ってますよ？　この料理にはポーションを味付けに使ってあります」

「なんだって？」

ガタンとローファスさんが立ち上がった。

「一体どれだけポーションを使ったんだ、食べるな、皆。ユーリは知らないかもしれないが、ポーションの過剰摂取は体に毒なんだ」

「え？　本当に、ご、ごめんなさい、知らなくて……」

なんてこと！

そうだよ、そうだ！　日本だって、子供に大人用の栄養ドリンクを飲ませたりしない。

「大丈夫ですよ、ローファスさん。初級ポーション2、3本使ってあるだけですから。子供でも初級ポーションなら1日10本飲んでも大丈夫でしょう？　中級なら2本まで。上級は子供は飲んではダメ、でしたね」

ブライス君がローファスさんに説明してくれた。

「ごめんね、ユーリさん。僕がユーリさんに教えなかったから不快な思いさせちゃったね」

ブライス君の申し訳なさそうな顔。

「初級ポーション？　そんなはずないだろう？　このスピード感……俺が間違っているっていうのか？　ステータスオープン」

ローファスさんがステータスを表示した。

「【ＨＰ開示】ほら、見てみろ。ぐんぐんＨＰが回復している。これは中級どころか上級ポーション並みだぞ？」

初級ポーションを飲んだ時には数字が1上がるのに20秒くらいだったかな。

ローファスさんが開示してみんなに見えるようになったＨＰの数字は、毎秒３くらい数字が上がっている。

っていうか、ＨＰが２３００とかすごい。私なんて10。いいえ、レベルが２になっても15なんだけど。

冒険者って、こんなにＨＰあるの？

「ローファスさんはいろいろ装備してるから分かりにくいかもしれませんが、他の数値でも何か気が付きませんか？」

ブライス君に言われ、ローファスさんはステータスを確認するように視線を動かした。

「は？　いや、なんだ？　守備力の補正値が上がってるぞ。上がり方が異常だ。倍になっている……ＨＰの補正値も装備で補正されている数値が倍になっている」

「へー、そういうものなんですね。元々あると、補正値が倍になるんですか。僕たちは補正値ゼロなのでプラス10になっています」

ブライス君の落ち着いた口調に、ローファスさんが半ばパニックになりながら、

「どういうことだ、何なんだ、どうして、ちょっと待て、これは大変なことだぞ」

と、頭を掻きむしった。

え？　そんなに大変なこと？　うーん。

「まずは食事を終えましょう？　もう食べないのなら片付けますけど」

余ったご飯はおにぎりにしておこう。あ、焼きおにぎりがいいかな。角煮が少しだけ残っているから角煮おにぎりというのもいいかもしれない……。なんて考えたら、

「食べる！」

ローファスさんがすっかり全部食べちゃいました。ご飯、３合分くらい食べたよね？

片付けは皆で手分けします。

「ローファスさんはテーブルの上を拭いてください。働かざる者食うべからずなのです」

キリカちゃんが、お姉さん口調でローファスさんに指示していたのは面白かった。


「さて、……それで、一体どういうことなんだ？」

夜。すっかり片付けられたテーブルの上に、ポーションの瓶を並べる。

「ローファスさんにも分からないってことは、ギルドも把握してないってことでしょうか」

ブライス君が、黒いポーションを手に取った。

「これは、ユーリさんの故郷で『醤油』と呼ばれる調味料だそうです」

「調味料？」

「はい。これは料理酒、料理に使うお酒で、こっちはみりん。これはお酢です」

「ぷっ。はははははっ！」

ローファスさんが笑い出した。

「まさかハズレポーションを調味料として料理に使うやつがいるなんてな！」

え？　そんなにおかしなこと？

っていうか、ハズレだけじゃなくて、当たりポーションも使ったけど。生姜と砂糖の代わり。

砂糖が貴重らしいから、ありがたい糖分調味料としてこれからも活用するつもりだけど……。

「直接飲んでも効果はないのに、料理に使うと効果があるのはなぜか……」

ローファスさんが首を傾げる。

美味しいものを食べると力が湧くとか、そういう話だったりはしないのかな。

「もしかして、薬草を調合するのと同じようなことなのかもしれませんね」

ブライス君の言葉にぽんとローファスさんが手を打った。

「なるほど。薬草の調合か。材料の組み合わせや分量や手順を間違えれば効果が得られないからな。ユーリの作った料理は効果の得られる調合をしたということになるのか」

え？　調合？　いやいや、普通に料理しただけですけど。分量だって、目分量だよ？

「これはすごい発見だ！　すぐにギルドに報告しなければ！」

すごい発見？　報告？　あ、そうだね。今までハズレっていうことで収穫されなかった、黒や薄黄色ポーションも収穫するようにしなくちゃいけないね。

「ユーリ、調合レシピをギルドが買い取ろう。誰かがレシピを使用すれば、使用料がユーリに入る」

レシピを売る？　でも、私が考えた料理っていうわけじゃないし……。

それに、もっと材料が揃っていれば、もっと美味しいもの作れるし……。

躊躇《ちゅうちょ》している私に、ローファスさんが口を開く。

「すぐにギルドに行って契約すべきだ」

え？　ギルドに行く？

「それって、小屋を出てギルドへ行くってこと？」

子供たちの顔を見る。

ブライス君もここを出てしまったら、小屋に残るのは小さなキリカちゃんとカーツ君だけになってしまう。

「行きません……。私、まだここでレベルを上げないといけないので……」

「いやいや、もう冒険者になる必要なんてないんだぞ？　レシピの使用料で一生遊んで暮らせるようになる」

専業主婦になってほしい。働く必要なんてない。10年間お前は遊んでいただけじゃないか。お前に働けるわけがない。

主人の言葉がフラッシュバックして、目の前が真っ暗になる。

「私だって、働ける。私だって、冒険者になれますっ！」

ローファスさんが困ったような顔をした。

「いや、ユーリに冒険者は無理だと言っているわけじゃないんだ。何も冒険者になって苦労する必要はないということで」

違う、お金が欲しいとか、楽に暮らしたいとか、そういう話じゃない。どう言えば分かってもらえるだろうか。

「ローファスさん」

ブライス君がローファスさんの名を呼んだ。

「ローファスさんはS級冒険者として、一生遊んで暮らせるだけのお金をもう持っているんじゃないですか？」

ブライス君の問いにローファスさんは、肯定も否定もしない。それが暗に肯定だと告げているように見えた。いや、むしろ遊んで暮らせる以上のお金を持っているのかもしれない。

「だったら、冒険者をやめて一生遊んで暮らせばいいいんじゃないですか？　厄介な依頼をギルドから押し付けられて苦労する必要はありませんよね」

ブライス君の言葉に、ローファスさんがハッとした表情を見せ、

「すまん」

テーブルに額が付くくらい深く頭を下げられる。

「お金さえあれば働く必要がないなんて失礼なことを言った。許して欲しい」

「あ、あの、頭を上げてください」

ローファスさんに悪気がないのは分かっている。

冒険者という仕事が決して楽じゃないというのも分かる。ダンジョンルールには命を守るための厳しい決まりがいっぱいある。私の身を案じて、最善の方法を提案してくれただけだ。

「ユーリの冒険者としての判断に任せる。レシピを登録するのも公開するのも……」

冒険者として……。

「はい。ありがとうございます。私、冒険者ですって胸を張って言えるように頑張ります」

ぐっと拳を握りしめる。

「面倒見るよ。約束する。ユーリのことは俺が守ってやる」

はい？　どういうことですかね？

いっぱしの冒険者になれるように先輩冒険者として面倒を見てくれるってこと？

「S級冒険者のローファスさんの保護下に入れば、ユーリさんの危険も少なくなるでしょうね」

「え？　危険？」

びっくりして声を上げる。

「補正効果のあるレシピがあると分かれば、それを狙う輩は多いだろう。ギルドに登録してしまえば誰も手出しはできないんだが」

嘘！　ゾッとして顔が青くなる。

「大丈夫だ。守ると言ったからには絶対に守ってやる」

ローファスさんの大きな手が私の頭の上に乗った。

まるで子供を安心させるようにゆっくりと撫でられる。あ、子供扱いされてるんだっけ。

「っと、お前たちのことも守るからな……。【契約　ユーリがギルドにレシピを登録するまでポーションの秘密を誰にも言わないこと　力の及ぶ限り全力で守る】」

ローファスさんがキリカちゃんたちに向けて言葉を発する。

はっ。そうか。レシピを登録するまでは、レシピを知る者は同じように危険なんだ。

私……、ちょっと考えがなさすぎる……。

【契約成立】。もちろん誰にも言わないよ」

「キリカも【契約成立】」

ブライス君は鋭い目でローファスさんを見た。

「ローファスさんも誰にも言わないと契約してくれますか？」

「あ、いや、ギルドには言ってもいいだろう？　ギルドもちゃんと秘密は守るぞ？」

ブライス君が首を横に振った。

「秘密は守ってくれるかもしれませんが、レシピが早く欲しいと言いませんか？」

ローファスさんが気まずそうに視線をブライス君からそらした。

「まぁ、その、それは、俺が止めるから」

「有事にも？　スタンピード……大量のモンスターがダンジョンから溢れ出た場合も？　初級ポーションで作れる回復効果の高い料理のレシピを要求されることはないと言えますか？」

ローファスさんは黙ったままだ。

「もう少しギルドにも内緒にしておいてください。ポーションを使った料理のことは、まだ何も分かっていません。補正効果は装備と違って数時間で切れますが、切れるまでどれくらいの時間なのかも分かりません」

「確かに、補正値に頼って戦い、途中で効果が切れるようなことがあったら逆に危ないな」

「レシピにしても、ユーリさんが作るからこそ効果があるのか、他の者がレシピ通りに作っても効果があるのかも確かめていない。それに、現状レシピが広まったとしても、材料であるハズレポーションの確保はどうするのです？　全く流通していない。むしろ上級ポーションより入手困難ですよ？」

「なるほど。確かに言われてみればそうだ……分からないことだらけで、しかも準備不足となれば……。分かった。今はまだギルドに報告する時期ではないということだな」

ブライス君とローファスさんの会話をただ横で聞いていた。

スタンピードが何かは分からないけれど、いざという時にレシピが役に立つということは分かった。ポーションの組み合わせでいろいろな効果があることも分かっている。

とすれば、私がするべきことは、冒険者としてレベルを上げながら、ギルドにレシピを登録する時までに「最高のレシピを研究する」ことだよね。

より効果の高い料理。どう組み合わせると、どんな効果が出るのか。いろいろ試してみないと。

「みんな、これからはハズレポーションの収穫も頼む」

「うん、わかった。キリカ頑張るよ」

「俺も。どんどんポーション収穫する。いい方法もユーリ姉ちゃんが教えてくれたしな！」

そっか。いくらレシピがあっても、肝心の醤油がなければどうしようもないもんね。醤油が一般人の手に届かない高級調味料とかじゃぁ、もったいなくて料理に使えないもんなぁ。

「ブライス、レベルが上がってこれからいろいろなダンジョンで力を試したいところだろうが、しばらくはポーション畑のポーションの運搬も頼まれてくれないか？　他の者に知られないためにはこのメンバーで何とかするしかないからな」

「ええもちろん。ここから一番近い初級ダンジョンでレベル上げをしながら、月に1度、いえ、月に2度はポーション畑に通いますよ」

ブライス君が私の顔を見て嬉しそうに微笑んだ。

ドキン。私に会えるからとか言わないよね？　いやいや、忘れよう？　あれは若き日の一時の思い違いだって。いや、28歳って言ってたから年齢的には若くないのか。

「よし、じゃぁ【契約　ユーリがレシピ登録を行うまでポーションの秘密保持と運搬を頼む俺も秘密はギルドにも誰にも漏らさない】」

ローファスさんの言葉に、ブライス君が「【契約成立】」と答えた。

うんと、とりあえずポーション料理はこのメンバーの秘密ってことね。私が究極のレシピを発見して、ギルドに登録するまでは契約が続く。ローファスさんは私たちを守る。

えっとそれから、ハズレポーションをたくさん収穫して、レシピを登録するまでに十分流通させられるだけの数を確保する。うーんと私は、レベル上げと料理研究をするってことになるけど……。　そうだっ！

「【契約　パンとジャガイモ以外の食材の提供を求む　お礼は作った料理】」

「「【契約成立】」」

ローファスさんとブライス君の声が重なった。

「ローファスさんはS級冒険者として忙しいでしょうから僕が運びますよ」

「いやいや、ブライスはまだレベル10になったばかりだろう？　ポーション畑へ何度も往復するのは大変だろう」

ブライス君とローファスさんがなぜか、どちらが食材を運ぶのかで争い出した。

「ステータスオープン、【MP開示】、大丈夫ですよローファスさん。レベル10になれば魔法が使えるようになるって知っているでしょう？」

ブライス君がMPを皆に見えるようにした。MP800に、補正値が付いている。確か私はMP3とかだった気がする。ローファスさんのHPが2300だったし、うわー、私、桁が違うよ。ギルドの受付の人が絶句しただけのことはある。少なくとも3桁にならないとまずいんじゃないだろうか。それっていつ？

「いや、それは知っているが、って、なんだこれ？　ＭＰ８００？　レベル10で８００って、どんだけすごい魔力持ちなんだよ！」

「魔法を覚えればすぐにローファスさんに追いつきますよ」

　ブライス君がニヤリと笑った。

「はっ、Ｓ級にそう簡単に追いつけるとでも？」

　ローファスさんは両肩を上げるジェスチャーをしたあと、

「頑張れよ。待ってるぞ」

　と、エールを送った。

「まぁ、そういうわけですから、僕がユーリさんに食材を届けます」

「ちょっと待て、そういうわけもくそもない！　レベル上げに、魔法の習得に、冒険者として依頼をこなしてランクを上げたりと、お前は忙しいだろう」

　うーん、なぜ２人は食材運びを争っているのだろう。

「ローファスさんもブライスお兄ちゃんも、そんなにユーリお姉ちゃんのことが好きなの？」

　キリカちゃんの言葉に、驚いて口が開く。

　な、な、な、何を言い出すのっ！　顔が真っ赤になっちゃうじゃないかっ。

「そうです。僕はユーリさんのことが大好きです」

と、ブライス君が私の目を真っ直ぐ見た。

「な、何を言ってるんだキリカ！　俺はユーリの料理が食べたいだけで、ユーリのことが好きっていうわけじゃないからなっ！」

と、ローファスさんが全力で否定した。

……。あ、はい。そうですか。そうですね。

別に傷ついたりなんてしませんよ。赤くなった顔が瞬時に元の色に戻る。

「そうですよね。ローファスさんがユーリさんのこと好きだなんて言ったら、立派なロリコンですもんね。この小屋だって、好みの少女を囲うための施設だって疑われちゃいますもんね」

と、ブライス君がローファスさんに勝ち誇った笑みを見せる。

ろ、ロリコン……。いや、私、日本年齢30歳で、ブライス君より年上だしローファスさんと同級生だし……。って、もしかして、そんなに見た目が私は子供なのか？

「いや、ロリコンって、ユーリはもうすぐ成人するはずだからそれはないだろう」

ローファスさんの言葉に、

「は？　ローファスさんダメですからね？　成人したからってユーリさんをどうにかしようとか考えないでくださいよ？」

ブライス君がローファスさんを睨み付けた。

「はいはいはい、もう喧嘩はしないでくださいね。2人ともそんなに私の料理が気に入ってくれたのね、ありがとう」

日本にこんな言葉がある。「男は胃袋で掴め」と。だが、胃袋だけ掴んでもむなしいというのが今の2人のやり取りで分かった。私が好きなんじゃなくて、私の料理が好き……ね。

き、傷ついてないよ。うん。いや、だって、私既婚者だし。

「2人はこのあとどうするんですか？　明日の朝にもうここを出ていくの？」

「中級ダンジョンに荷物が置きっぱなしだからな。明日の朝取りに戻って、夕方にはここに帰ってくるよ」

じゃぁ、朝食と夕食はここで食べるんだ。お弁当も作ろうかな。

ローファスさんはよく食べるからいっぱいご飯作らないとな。

「僕は、ローファスさんが明後日小屋を出ていく時に一緒に街へ行きます。ここを卒業するよ」

ブライス君の言葉にキリカちゃんとカーツ君が寂しそうな顔をする。

「ちょくちょく顔を出すからね。その時には、ちゃんとダンジョンルールをユーリさんに教えてるか、レベルアップしてるか、いろいろチェックするから。頑張るんだよ」

ブライス君がキリカちゃんとカーツ君の頭を撫でる。

「2人とも街に1度、戻らなくても大丈夫か？」

「カーツは孤児院育ちだし、キリカは帰っても飲んだくれの父親がいるだけだよ」

ローファスさんの質問にはブライス君が答えた。

え？　カーツ君は孤児なんだ。キリカちゃんには毒親しかいないの？

気が付いたら、両手を広げて２人をぎゅっと抱きしめていた。

「よかった。２人とも小屋からいなくなっちゃったら、私１人っきりになっちゃうもの。いてくれてありがとう。料理の研究も協力してね。美味しいか美味しくないかも教えて」

カーツ君の手が、私の腕の上に乗った。

「任せとけよ。ユーリ姉ちゃん、畑の往復だけで息が切れてるだろ？　俺、畑仕事頑張る！」

ばれてる。畑の往復で息が切れてること。１回往復するとＨＰがげそっと減るんだよね。

「ユーリお姉ちゃん、ママみたい」

キリカちゃんの言葉に心臓撃ち抜かれました。ズキューンッ。かわいい、かわいい。

私、日本では子供を望んだけれどそれは叶《かな》わなかった。面倒を見ていたかわいい子供たちは、本当の母親の元に帰って行ってしまった。

嬉しい。ママみたいなんて思ってもらえるの、嬉しいっ！　思いっ切りほっぺたスリスリしたいっ！　って、思ったらしゅっと腕の中からキリカちゃんが消えた。

「こらキリカ。ユーリはまだ若いんだから、ママみたいは失礼だろう。本当のお姉ちゃんみたい、くらいにしておけ」

キリカちゃんはローファスさんの右肩に担ぎ上げられていた。

ローファスさんの頭にしがみつくキリカちゃん。

「えへへ、ローファスさんは、お兄ちゃんみたい」

左肩に担ぎ上げられたカーツ君が笑った。

「キリカ、ローファスさんの年ならパパみたいでもいいんだぞ」

カーツ君の言葉に、ブライス君が「確かに」と頷いた。

「いやいや、お前たち、俺はまだ独身で、気持ちは若いんだぞ。パパはやめてくれっ！」

子供思いの優しいローファスさんがパパだったら、きっと幸せな家庭が築けるんだろうなぁ。

公園でキリカちゃんとカーツ君と一緒にボールで遊んでいる、ローファスさんを想像した。

私は、レジャーシートを広げて3人の様子を幸せいっぱいな気持ちで見ている。

って、何を想像してるんだ！　ブルブルと首を横に振る。

「ほら、ユーリ姉ちゃんが首を横に振ったぞ。ローファスさんが兄ちゃんは無理があるって思ってるんだ」

いや、違う、そういう意味で首を横に振ったわけじゃ……。

「あー、そうか……そうだよなぁ。みんな27、28までには結婚して子供いるもんなぁ……」

へー。この世界ではそんな感じなのか。日本じゃぁ、20代の既婚男性は多くなかったよ。

◆◇◆◇◆

寝る前に、ローファスさんにお米の精米を頼んだ。

ブライス君やカーツ君がしてくれていたけれど、ブライス君がいなくなる。３人で毎日精米して食事の準備をするのはちょっと難しい。

「この茶色いのが、不味い麦の不味さの原因だったのか」

ローファスさんが精米して出てきたぬかを見て呟いた。

「ええ、この白くなった米を粉にして作れば、パンも美味しくできると思いますよ」

「なるほどな……。これはいい。不味い麦の価格は普通の麦の4分の1だ。不味い麦からでも美味しいパンが食べられるなら喜ぶ人間はたくさんいる。ユーリ、これはギルドに報告してもいいか？」

うーんと考える。

不味い麦を食べている人たちは貧しい人っていうことだよね。

貧しい人が豊かな食生活を送っているとは思えない。確かに味は悪いんだけど栄養価は精米前の何倍もあるんだよね。いきなり精米したパンに切り替えて栄養失調になったりしないだろうか?

そういえば、ブライス君がパンとジャガイモだけでも3日に1度ポーションを飲んでいるから大丈夫というようなことを言っていた。ポーションはパン1個と同じ値段。……貧しい人でも時々飲むことができるかな。なら精米した米粉パンを食べても大丈夫かな? でもポーションは満腹感を得られないからと、同じ金額ならパンの方がいいという人もいたりしないかな?

うーん。難しい問題だ。

「何か問題か?」

「栄養が」

「栄養?」

「あの、いろいろ検証したいことがあって、もう少し待っていただけますか?」

ローファスさんは何も細かいことを聞かずに頷いてくれた。

「分かった」

栄養豊富なパンが作れるか分からないけれど、ポーションを使ったレシピも考えてみよう。

……ありがたいのは、ポーションがパンと同じくらいの価格で手に入るということ。

あ、初級だからかな? 上級ポーションがどうのこうのって言ってたもんね。需要もさほどないのかな？　あれ？　需要が増えたら、供給は追いつくの？　他にポーション畑があるのか知らないけど、ここで取れるポーションなんてそれほど量はないよね？

「【契約　不味い麦の……】」

と、言いかけたローファスさんの口を手で塞ぐ。

「信用してますから、契約しなくてもいいです」

にこっと笑う。

「い、あ、いや、信用……か」

ローファスさんが狼狽《ろうばい》する。

え？　そんな狼狽するようなことじゃないよね？　ローファスさんが悪人じゃないことは子供にも分かってると思うけど。

「なんか、こう正面切って信用してるって言われるの、照れるな」

ローファスさんが髪を掻き上げた。

「逆に私の世界では、契約なんてよっぽどの時にしかしなかったので、不思議な感じです」

書類にサインしてハンコ押すのが契約。結婚の契約をしたって裏切られるんだ。契約に何の意味があったのか……。信用こそ大切なことだ。

「そっか。いや、ああそうか。契約が当たり前になりすぎて、信用するしないより契約が先だもんな……。人を信用するか……難しい。けど、大事なことだよな。ありがとうな、ユーリ」

頭をぽんぽんされる。

気が付いてないのかなローファスさん。精米を秘密にする理由を聞かないことって、私を信用してくれているからだよね。ローファスさん、人を信用するの難しいって言いながら、自然にできてるのに。

「これはどうするんだ？」

精米の終わった米の下にはたくさんの茶色い粉。

「ぬか！　捨てません、ぬか漬け作ります！」

あ、でも待って、作ったことないけど、レシピは知ってる。

知ってるけど、必要なものが足りない。最低限必要なのは、ぬかと水と塩だ。

「塩がない……」

「塩か、今度来る時に持ってきてやる。あと欲しいものを書き出しておいてくれ。あ、いや、字は書けるか？」

「故郷の字しか書けません」

「まぁそれで大丈夫だとは思うから、書いておいてくれ」

え？　日本語で大丈夫？

部屋に戻ってから、紙に「塩」と書く。いやいや、漢字は無理かな？

と、「しお、シオ、Ｓｈｉｏ」と並べて、「Ｓｏｌｔ」と書き加えた。残念ながら私はそれ以上の言葉は知らない。

4章　異世界生活4日目「料理三昧」

今朝は、いつもより少し早起きしてご飯を炊き始める。

昨日精米してもらってあるので洗ってかまどコンロで炊くだけだ。

猪肉を薄切りにして、玉ねぎも同じように切る。

ちょっと甘みが強くなっちゃうけど大丈夫かな……と思いつつ、酒と醬油とポーションで玉ねぎと肉を炒める。豚肉の生姜焼きをイメージしているのだけれど、生姜代わりのジンジャーエール味ポーションでどこまで再現できるのか……。

焼いて味見。ふおっ！　大丈夫。美味しい生姜焼きの出来上がりです。はー。朝から食べるメニューじゃない気もしますが、お弁当に肉巻きおにぎりを作るつもりなのです。

卵とか朝食っぽい食材が全然ないので……。

そうだ。欲しいもののリストに卵も書き加えておこう。あ、でも卵とか日持ちしないものは難しいかな。じゃぁ、鶏？　鶏を飼う？　同じ理由で牛乳とかも無理かな。牛を飼う？

うーん。冷蔵庫や冷凍庫あれば便利なのにな。

ん？　待って？　火の魔法石を使ったコンロなんてファンタジー製品があるんだもん。氷の魔法石を使った冷蔵庫みたいなのもあるんじゃない？

「おはようございます。ユーリさん早いですね。食事の準備、手伝います」

「あ、ブライス君、おはよう！　ありがとう。じゃぁ食器を並べてもらえるかな？　それから、教えてもらいたいことがあるんだけど」

ブライス君が皿とフォークをテーブルに並べながら顔をこちらに向けた。

「教えて欲しいことですか？」

「うん、火の魔法石ってあったでしょ？　似たようなもので氷の魔法石とか、ものを冷やしたりするのってあるのかな？」

ブライス君が綺麗な顔を少し傾けた。

「氷の魔法石は聞いたことがありませんね」

そっか。残念。冷蔵庫みたいなものはないっていうことか……。がっかり。

「ユーリさん……氷の魔法石はありませんが……」

ブライス君はコップに水を汲んできて私の目の前に差し出した。

「まだレベル10になったばかりでうまく使えるか分かりませんが……。【氷結　水よ温度を下げ氷となって我が前に姿を現せ】」

うわぁ！　木のコップの中の水が、みるみる凍ってしまった。

「ブライス君、すごい。それ、魔法だよね？」

初めて見た本物の魔法に興奮が隠せない。

「よかった。ユーリさんに喜んでもらえた。初めての魔法が特別なものになりました」

「おいっ、ブライスお前、魔法って？」

いつの間にかキッチンに姿を現したローファスさんが凍ったカップを見つけた。

「これ、お前の魔法か？　いや、そんなバカな……。レベル10になったばかりでまだ魔力の扱い方も練習してないだろう？　いきなり魔法が使えるとか、あり得ないぞ？」

「昨日部屋に戻ってから、魔力の扱い方は練習しましたよ」

ローファスさんが頭を押さえた。

「いや、待て待て、簡単な魔法を使えるようになるだけでも1ケ月はかかるんだぞ？」

「レベルが10になる前に、呪文も魔力操作法も本で勉強してましたからね」

ローファスさんがそうか、俺は本読むのも人の話を聞くのも苦手で独学半分だったから、3ケ月かかったんだよなぁ……と、何やら遠い目をしている。

「まぁいい、ちょっと来い、他の魔法も見せてみろ。できないなら教えてやる」

ローファスさんがブライス君の腕を掴んで小屋を出ていってしまった。

レベルが10になったら、魔力の扱い方を練習して魔法が使えるようになるの？　もしかして、私にも、魔法が使えるようになるの？　うわー、すごい！　使ってみたい！

うん、頑張る！　頑張ってレベルを上げる！　そして、氷の魔法を覚えれば、冷蔵庫代わりに食糧保存ができるんだよね！

よし！　なんか目標できちゃった。最低でもレベルを10まで上げる！

と拳を握って決意を固めていると、どぉーんと大きな音が小屋の外で聞こえてきた。

な、何？　外を見にいこうと思ったけれど、かまどからぱりぱりと音が聞こえてきた。あ、米が炊き上がる！　慌てて火を止める。

「おはようユーリお姉ちゃん」

「なんだ今の音？　外？　ちょっと見てくる！」

キリカちゃんとカーツ君が起きてきた。

カーツ君は大きな音の原因を確かめに外に出ていってしまった。

「ご飯のお手伝いするね」

キリカちゃんは、働かざる者食うべからずという私の言葉をしっかり覚えているのか、米を混ぜ混ぜして空気を入れてくれる。ああ、しゃもじ欲しいな。そうそう箸も欲しかったんだ。

ばたんとドアが開いて、カーツ君が興奮気味に戻ってきた。

「すげーよ、すげー。ブライス兄ちゃん、まだ魔法を使い始めたばっかだってのに、火も水も風も土も光も全部使えるんだぜ！　魔法レベルが1だとは思えない威力だし、すげーっ！」

魔法が全部？　レベル？　威力？　分からないことばかりだ。そのうち教えてもらわないと。

「ご飯いらないの？　お手伝いしないと食べられないんだよ？」

興奮が冷めないカーツくんに、キリカちゃんがお姉ちゃん口調で言った。

「あ、手伝う！　手伝う！　何すればいい？　ユーリ姉ちゃん」

今日のメニューはご飯と猪肉の生姜焼き。うん、あれが欲しいな。

「じゃぁ、畑からキャベツを取ってきてもらえる？」

「了解！」

生姜焼きの添え物でキャベツは必須だよね。

さて、その間にご飯を握って肉を巻いてお弁当を作っておこう。肉巻きおにぎり弁当。おにぎりの中心に生姜焼きの玉ねぎを入れて握る。それに肉を巻き巻き。

作っておかないと、朝食で全部生姜焼きを食べちゃわれそうだもんね。

「キリカも手伝う！」

「じゃぁ、お肉を巻くの手伝ってくれる？」

「はーい」

手に水を付けてご飯を取る。手のひらに広げたご飯の真ん中を少し窪ませ、玉ねぎを梅干しほどの大きさに埋めて、ご飯で包み込むように握る。ぎゅっぎゅと。空気を含ませ硬くなりすぎないように。

いくつ作ればいいかな。私とブライス君とキリカちゃんとカーツ君のお昼ご飯用と、ローファスさんのお弁当用。多めに20個作っておけば足りるよね。

カーツ君が戻ってきた。キャベツを千切りにして準備終了。

「朝ご飯だよー」

ドアを開けてローファスさんとブライス君に声をかける。

あれ？　なんかところどころ地形がおかしいよ？　大穴開いてるし。一体、何やったの！

この2人！

「はー、いい汗かいたな」

ローファスさんが汗でびっしょりになったシャツをグイッと引き上げ、目の前で脱いだ。

「ぎゃっ！」

いや、男性の上半身裸に照れるほどウブじゃないのですが、いや、いや、でも、至近距離で生の筋肉むっきーいきなり見たらびっくりするじゃん。

「ローファスさんダンジョンルール。服脱いじゃダメでしょ！」

キリカちゃん、ナイスフォロー。そうそう。ダンジョンルールです。

「おい、待て待て、なんだそのダンジョンルール……って、あ、いや、そうか。服脱いで、あー、ちっ。お前たちにはまだ分かんないか、違いが！」

分かりますよ、私はね……。はい。はぁ、でも、助かりました。

「わりぃわりぃ。しゃぁねぇ。ルールには従わないとな」

ローファスさんは部屋に行ってシャツを着替えてきました。

目の毒がなくなって一安心です。

「今日もうまそうだな」

全員揃ったところでいただきます。

「ローファスさんとブライスお兄ちゃんは食べちゃダメなの」

フォークを皿に伸ばしたところを、キリカちゃんがびしっと止めに入る。

「ああ、そういえば、料理を食べさせてもらう条件、クリアしてない」

カーツ君がポンっと手を叩いた。

「な、なにぃ？」

ローファスさんの顔が真っ青になる。

「な・ん・だ・と？　目の前にこんなに美味しそうな飯《めし》があるのに、お預けなのか？　そんなバカな……」

「手伝わないと食べちゃダメなのよ。ダンジョンルール、みんなで協力するよ！」

ダンジョンルールという言葉に、ローファスさんがテーブルに額を打ちつけた。

「あああっ！」

叫ばれてもなぁ……。それにしても。ルール厳しいなぁ。

「ブライス兄ちゃんは、この肉取るのに協力してるしいいんじゃないか？」

カーツ君の言葉を聞いて、ローファスさんが小屋から飛び出した。

わずか2分後、息を切らしたローファスさんが戻ってきた。

「夕飯は、夕飯はこれを……」

目が血走っている。手には、血をだらだらと垂らした山鳥が3羽。

ちょっといろいろと突っ込みどころ満載なのですが……。たった2分で山鳥3羽捕まえてくるとか！　血走った目が怖いとか！

「床が汚れます！　出ていってくださいっ！」

山鳥から落ちる血、なんとかしろっ！　汚すのは簡単。掃除は大変！　だからなるべく汚さないが主婦の掟だぞっ！　ちょっとイラッとしてドアを指差すと、ガーンという表情を顔面に張り付けてローファスさんが小屋の外へと出て行った。

「大丈夫ですよ。ユーリさん」

ブライス君がすっと歩み出て「【浄化　床に付着した汚れよ消え去れ】」と言うと、床がピカピカになった。

「す、すごい！　ブライス君すごいよっ！」

手放しに褒め称えると、ブライス君が嬉しそうに笑った。

魔法すごい！　絶対使えるようになりたい！

「なぁ、早く食べようぜ」

カーツ君の言葉に、ハッと我に返る。そうだった。温かくて美味しいうちに食べなきゃ。

「ローファスさん、早く来てください。食べますよ」

小屋の外で座り込んでいるローファスさんに声をかける。

「え？　俺も食べていいのか？」

ローファスさんの目に光が戻る。

「精米してくれたの、ローファスさんですから」

「お、おう！　そうだった、不味い麦を白くしたのは俺だった！　キリカ、分かったか？　ちゃんと俺も手伝ったんだぞ！」

にこにこ笑顔でテーブルに着くローファスさん。

「他に片付けと、皆と同じように料理用の火の魔法石も出してくださいね」

「お、おう、火の魔法石だな！　１００個でも２００個でも出すぜ！」

そんなにいっぱい、今はいりません。

「今日のは薄切りにして焼いた肉か」

ローファスさんが早速豚肉の生姜焼き（猪だけど）をフォークに刺して食べ始めた。

「うはーうめぇ！　不味い麦と一緒に食べると、この濃い目の味付けがまたたまらんな」

はい。そうです。

私もフォークで豚肉と玉ねぎを口に運び、ご飯も口に入れる。うん。美味しい。やっぱり生姜焼きはご飯と一緒に食べるのが最高です！　そのための濃い目の味付け。

あ、違うな。キャベツの千切りと一緒に食べても美味しいのです。

それにしても、フォークで生姜焼きと千切りキャベツを一緒に口に入れるの難しい……。箸が欲しい。箸が！

「ああ、今日も体に染み込む。体力が回復していく……ステータスオープン」

ローファスさんがステータスを確認する。

「相変わらずこのポーション料理すごいなぁ。ぐんぐんＨＰが回復していく。そうだ、これを繰り返せばあっという間にレベルアップできるんじゃないか？」

ローファスさんの言葉にブライス君が顔をしかめた。

「これっていうのはまさか、僕に魔法の訓練だと言いながらローファスさんに向けて攻撃魔法を連射させたことですか？　僕の魔法の訓練じゃなくて、ローファスさんの対魔法訓練だったんじゃないですか？」

え？　外でそんなことしてたの？

「いやいや、ブライスも実践訓練ができていいだろう？　素早く魔法を繰り出したり、相手の動きを予想して魔法を放ったりと、な？　食事のあとでもう一汗どうだ？」

にこやかに笑うローファスさん。

楽しそう、嬉しそう、訓練大好き、レベルアップ嬉しい、筋肉筋肉って声が聞こえてきた。

「残念ながら、僕のＭＰはもうほとんど残ってませんよ。ローファスさんはユーリさんの食事でＨＰが回復するかもしれませんがね」

ブライス君の冷たい物言いにも動じず、ローファスさんはにこやかなままだ。

「おう、じゃぁ、コレ！」

ローファスさんがウエストポーチから小瓶を１つ出した。

「これ、上級ＭＰポーションですよね。なんのつもりですか？」

ブライス君が冷たい視線をローファスさんに送る。

「なんのつもりって、これを飲めば、もう１回訓練が」

「ローファスさんには、僕が大人に見えますか？　これでもまだ肉体的には子供なんですけどね。上級ポーションを飲んでぶっ倒れたらどうするつもりです？」

肉体的に子供って……。あれ？　ローファスさんには、ブライス君は実年齢明かしてるの？　って、違う、問題はそこじゃなくて、前にもポーションを子供に与えるには分量がどうのとか言ってたよね。もしかして薬みたいに使用量とかシビアなのかな。体重何kgなら薬は何mgみたいな感じで。日本の子供たちもそうだったな。体重が増えると薬の量も増える。

あれ？　そうなってくると……体の小さい私はいくら大人だといえ、上級ポーションとか飲むの危険だったりするんじゃない？　飲んでもいいけど半量が限度とか？　気を付けないといけない。

「あー、そうだったぁ！　頭の回転といい、魔力量といい、つい大人と間違えちまう！　すまん、すまん。まだ上級ポーションは飲めないか。くぅっ」

ローファスさんがブライス君の頭に手を乗せてぐりぐりと撫でてくり回した。

「早く大きくなれっ！　な！」

ブライス君がローファスさんの手を払いのける。

「もちろん、そのつもりです。早く成長したいですからね」

「うんうん、それで、上級ＭＰポーション飲んで朝練頑張ろうなぁ」

ニコニコ顔のローファスさんをブライス君が睨む。

「早く大きくなりたいのは、ローファスさんのためじゃありませんから」

ブライス君の目が私を映した。

いやいや、私のためにというなら、急がなくていいです。いろいろ無理ですって！

「初級ＭＰポーションじゃぁ、ブライスの魔力量と見合わないよなぁ……」

ローファスさんがウエストポーチから別の瓶を取り出して、何かを思い付いたように私を見た。

「ユーリ、これで料理頼むわ」

は？

手渡された小瓶は、ポーションの瓶と同じだけれど、蓋の形が違った。ポーションは丸い出っ張りの付いた蓋。手渡されたのは、四角い出っ張りの付いた蓋だ。中の液体は黒い。

「なんですか、これ？」

受け取った瓶を目の前で振ってみる。

「初級のＭＰポーションだ。ここで取れるのは、体力……ＨＰを回復させるポーションで、これはＭＰポーション畑で取れる、魔力、ＭＰを回復させるＭＰポーション」

へー。ＭＰポーションか！　ファンタジーだよ、ファンタジー！　もしかして、ＭＰポーシヨンも調味料なのかな。黒というと……ソース？

私は、瓶を取って振ってみた。うーん、とろみはなさそうだ。ソースだとしても、ウスターソースか。……ソースかぁ。串カツにたっぷり付けて食べると美味しいよねぇ。ふはー。

あれ？　カツって作れそうじゃない？　豚肉はないけど猪肉あるし、パンがあるからパン粉も。ああ、卵がないか！　ちぇっ。うん、でもいいや。キャベツにソースかけて食べるのも美味しいよね！　ふふふ。……はっ！　待って、ちょっと待って……。

「あの、これって、当たりですか？　ハズレですか？」

ローファスさんが大きな手を私の頭の上にぽすんと乗せた。

おおう、これ、乙女がどっきりする頭ポンポン……ではなくて、そのままローファスさんが髪の毛が乱れるくらいぐりぐりと頭を撫でた。完全に子供扱い！　っていうか、子供扱いするにしても、思春期だかなんだか通りすぎたような年齢の女の子に対する態度じゃないぞっ！

「ハズレポーションなんて冒険者が持ち歩くわけないだろう」

はい、そうですね。

ってことは……。

「これ、飲めるような味？」

「もちろんだ」

ううう、そうか。やっぱりか。ソースの線は消えた。消えたよ……。

「ハズレはまぁ、ポーションと一緒でとても飲めるような代物じゃないが、当たり初級MPポーションはうまいぞ。ポーションより子供が好きな味だと思うが、レベル10にならなければ魔法は使えないからな。子供が飲むことはほとんどない」

「おいしいの？　キリカ飲んでみたい！」

キリカちゃんが目をキラキラさせてMPポーションの瓶を見た。

「ポーション7個分の価値だ。飲むか？」

ポーション7個分？　ってことはパンが7個。2日半の食費だ。

「7個……」

キリカちゃんが、んーと考え込んだ。

「我慢する」

っていうか、

「MPポーションは子供が飲んでも大丈夫なんですか？」

確か上級ポーションは子供が飲んじゃダメだとか中級ポーションも何本までしかダメだとかいろいろあったはず。

「初級は大丈夫だ。金持ち連中はお菓子代わりに子供に飲ませてることもあるしな」

ポーション7個分というと、700円ってことか。この手のひらの収まるくらいの大きさの飲み物。んー、中身は100㎖くらいかな。乳酸菌飲料が60㎖だからそれ2つ分あるかないかくらい？　それで700円って、うん。

躊躇する値段だよね。……金持ちの飲み物か。一体、どんな味？

砂糖が高級品とか言ってたし、子供が飲みやすいとなると、黒糖系かな？

黒蜜とかだったら、何が作れるかな。んー。煮詰めたら黒糖とかできるかな？

「まぁ、ダメで元々だ。MPポーションで何か作ってみてくれ。じゃぁ、行ってくるよ」

ローファスさんが、テーブルの上にMPポーションの瓶を5つほど出してドアに足を運ぶ。

ダメ元と言いつつ5つも置いていくってことは、なんかめちゃめちゃ何か作ること期待してない？

「じゃあ、夜に戻る」

手を上げてドアを開くローファスさん。あ、忘れるところだった。

「待ってください、ローファスさんっ！」

「ん？　なんだ？」

ローファスさんが振り返る。

急いで作っておいた肉巻きおにぎりの包みをキッチン台から持ってくる。

弁当箱が見当たらなかったので、大きな葉っぱでくるんで、それを布で包んだ。

一応ブライス君に毒とかが葉っぱにないか尋ねたら、冒険者が野宿する時、皿代わりに使ったりもするから大丈夫だって聞いた。

冒険者の野宿かぁ。現地で、木の実やキノコや山菜を採ったりするのかな？　だとすると、畑以外で収穫できるもののことも教えてもらえるといいな。私は、スーパーに並んでいた食べ物のことしか分からないから。山ぶどうは食べられるとか言われても、山ぶどうがどんなものなのか分からない。そういえば、蛇イチゴは食べられるんだったっけ？　毒だったっけ？

「これ、お弁当です！」

布包みをローファスさんに差し出す。

「は？」

ローファスさんが包みに視線を落として首を傾げた。

「おべん、とう？　なんだ？　それ？」

「え？」

なんだって、えっと。まさか、お弁当を差し出すのは求愛の印とかいう異世界ルールがあったりなんか？　やばい……。そうだよね、日本だって、プロポーズの言葉に「君の作った味噌汁が毎朝飲みたい」みたいな食べ物がらみのものがあるもん。

……まぁ、味噌汁を毎朝飲みたい人がいるかどうかは分からないけれど。

主人は、月曜は味噌汁含め和食で一汁三菜、焼き魚を含む。火曜は洋食で、味噌汁の代わりにスープ。サラダとハムエッグと生のフルーツ入りのヨーグルト。水曜は中華がゆを中心とした朝食。木曜は……。毎日決まっていたからとても楽だった。今日の朝ご飯は何にしようって悩まずに済んだから。でも土日は決まってなくて困った。夏に朝食で冷製パスタを出したら、「朝から胃腸の働きを弱める冷たい食事を出すとはどういうつもりだ！」って怒られたなぁ。

おっと、思わず現実逃避で回想してたよ。

えーっと、どうしよう。助けを求めるように、キリカちゃんとカーツ君の顔を見る。

ん？　驚いている風じゃないよね。同じように首を傾げている？

「ねー、ユーリお姉ちゃん、おべとって何？」

え？

「何が入ってるんだ？」

えっと……。そういえば、日本のようなお弁当の文化は海外にはないというのをどこかで見たような気もする。弁当じゃなければ、なんて言えば伝わるの？

でもとりあえず、よかった。お弁当を手渡すイコール求愛じゃなくて。

「肉巻きおにぎりです。朝食の残りで作ったんです。お昼にでも食べてください」

ローファスさんの目がきらりと、いや、ぎらりと光った。

「ああ、携帯食か！　俺にくれるのか！　そうだよな、小屋で携帯食は食べないもんな！」

携帯食？　うーん。持っていくんだから、携帯するわけだけど。弁当と携帯食はなんか違う。

あ、もしかして……。弁当なんて動き回るには邪魔だし、なんか獣だかモンスターだかを匂いで引き寄せる危険があったりとか？

「ご、ごめんなさい！　ローファスさん！　私の世界、いえ、国ではお弁当って普通だったんですけど、その、邪魔になりますよね？　山道歩くのにパンに比べて重量もあるし、匂いとかでなんか寄ってきてもまずいですよね！」

「じゃぁ、行ってくる！」

ローファスさんは私の手にドライフルーツをいくつか載せてあっという間に姿を消した。

は、早い！

「なーなー、ユーリ姉ちゃん、俺もお弁当ほしい」

カーツ君が手を挙げた。

「キリカも！」

キリカちゃんもつま先立ちになって手を挙げた。

「ローファスさんが置いていったのはクコの実ですね。ユーリさんの言う『お弁当』と携帯食の交換ということですか。でしたら、僕も何かと交換していただけませんか？」

「交換？　うんと、キリカ、お花摘んでくるよ！」

「待って、待って、ちゃんとみんなのお昼ご飯も用意してあるから！」

ドアから出ていこうとするキリカちゃんを引き止める。

「お昼ご飯じゃなくて、キリカもおべんとっていうのがいい」

「俺も！　ローファスさんだけずるいっ！」

えっと、えーっと。同じ肉巻きおにぎりなんだけど……。

お弁当ってそんなに魅力的かな？　そういえば、遠足のお弁当とかすごく楽しみだったな。

お弁当のないこの世界でも、お弁当っていう単語が何か特別な響きを持っているのだろうか？

いやいや、単に見たことのない珍しいものだと思うだけかな。

「そんなに、お弁当がいいの？」

3人がめいっぱい頷いた。

ブライス君、君もですか。こういう時だけしっかり子供っぽい振る舞いなんだね。

「じゃぁ、お弁当を作ります。お昼ご飯は、湖の畔《ほとり》で、みんなで食べましょう！」

「湖の畔？」

ブライス君の頬がうっすらと赤くなった。

あ、ごめん。いやなもの思い出させちゃったね。悪気はないんだ。なんか、ピクニックしようと思っただけで。

「お弁当って、外に持っていって食べるご飯のことだからね？　えっと、携帯食ともちょっと違って、うーんと……」

「お外で、携帯食じゃないご飯食べるなんて、貴族様みたいだね！　すごぉい！」

貴族？　あれか？　庭にテーブルとか置いてお茶するみたいな？　いや違うか。貴族の旅行は馬車何台も連なって、料理人も連れていきみたいなそういうの？

はい、どちらもお弁当とは違います。うー、難しい。異文化の、ないもの伝えるのって。

「とりあえず、今日も収穫を始めましょうか。ノルマをこなしたら、お弁当作るね。3人はローファスさんの取ってきた山鳥の処理をお願いできるかな？」

夜は鶏肉か。何を作ろうかな。醤油、酒、みりん、ジンジャーエール、酢。

塩があれば、塩振って焼き鳥も美味しそうなんだけどな。でも串がないか。炭もないし。うーん。そもそも、どんな食感なんだろう？　私の食べたことのある鳥といえば、おなじみの鶏。主人と恋人時代に食べにいった、北京ダックはアヒルだよね。クリスマスには本物をと七面鳥も食べたっけ。……。結婚してからは、外食は連れていってもらった記憶がない。それは私の手料理が好きだからなのかな？　と思っていたけれど、もしかして……。お金がもったいなかったのかな？　釣った魚に餌はやらない、って言葉がふと頭をよぎった。

うん、どちらにしてもどんな鳥でも、豚や牛よりも鶏に近い味だった。だからたぶん、鶏料理系なら大丈夫なはずだ。おっと、考えるのはあとあと。まずは玉ねぎ用意してと。

「確認、装備とステータスは」

ダンジョンルールは忘れず、装備をチェック。服にほつれや穴がないか。武器に傷みはないか。まぁ、武器といっても、午前中は玉ねぎと外した窓の板ですけども。

「ステータスオープン」

うん。いまだに項目がよく分からないので、レベルとＭＰとＨＰの確認。

攻撃力、防御力、俊敏性とかなんかいろいろ書いてあるけど、いろいろありすぎてじっくり見る気力が失せます。ほ、ほら、説明書も、分厚いと読む気がなくなるあれよ、特に、さほど得意じゃない分野で、さらに興味も必要性もないと、見ないでしょ？　見ないよね？

ひぎゃーっ！　黒い悪魔が！

ダメだ！　やっぱり、やっぱり、慣れない！　洞窟の中に入ったとたん背筋が寒くなる。

なんだろう、魂に染みついた恐怖心っていうか、嫌悪感は、そう簡単にはなくならない。

中央に玉ねぎを置くと、すぐにわらわらとゴキスラが湧き出て集まってきた。

見ない、なるべく見ない

「せーの！」

集まってきたゴキスラに板を被せみんなでドッスーン。出てきたポーションに急いで触れる。別の場所に玉ねぎを設置し、集まってくる間に出てきたポーションを運び出す……というのを、10回ほど繰り返す。

ポーションは1人10個と大量にゲットできた。本来は、ポーション1人5個で止めて訓練のためにこの方法は封印するつもりだったんだけど、ハズレポーションを確保しなくてはならないため回数を増やしたのです。

はー。精神的に疲れました。

「ハズレポーションの保存はどうしますか？」

当たりは各自部屋で管理している。ハズレはどうするんだろう。平等に分けて各自管理？

いや、でも、長期に渡って大量に保存するとなればそういうわけにもいかないよね？

「食糧庫に入れとけばいいんじゃないか？」

カーツ君の意見にブライス君が少し考える様子を見せる。

「今はまだ価値が知れ渡ってませんから問題ないとは思いますが、万が一大量にハズレポーションを保管しているのを見られたら、どういうことか探りを入れられる危険もありますよね」

誰に見られるのかな？　……各自の部屋は登録した本人しか入れないけど、小屋には誰でも入れる。誰が来るんだっ！　山賊か？　盗賊か？　盗人か？　……怖っ！　ぶるぶる。

って、ブライス君がいなくなったら私が一番お姉さんというか大人なんだから、カーツ君とキリカちゃんを守らなくちゃ！　震えてる場合じゃない。

「空いてる部屋は？」

キリカちゃんの言葉に、ブライス君が「ああ」と、手を打った。

「確かにそれはいいかもしれませんね」

持てるだけのハズレポーションを全員が抱えて小屋に入り、一番奥の空いている部屋の前に移動する。何か運ぶ時の籠というか、入れ物いるね。

「じゃぁ、カードを」

いったん瓶を床に置いて、ブライス君が冒険者カードを取り出した。

キリカちゃんやカーツ君も出す。

私も、首の紐を手繰り寄せて服の中からカードを取り出す。

「複数人で登録できるかどうか分かりませんがやってみましょう」

一斉にカードをドアにかざす。あっさりできました。なんかすごいな。このシステム。

部屋の中は、私の部屋同様、ベッドと机とタンスがある。

「増えていくなら棚か何か必要ですね」

「箱がいいんじゃね？　ローファスさんがポーション運ぶ時に箱に入れる、ああいうの」

カーツ君の言葉に頷く。

「そうだね。箱なら積み上げていけばいいいし、ダンジョンから部屋まで運ぶのにも役立つよ」

「では、ローファスさんに箱を頼みましょう」

箱を頼むのか。お弁当箱もついでに用意してくれないかなぁー。


さて。午前の仕事を終え、お弁当の準備です。

とはいえ、肉巻きおにぎりはすでに作ってあるので、あとはどうしようかな？

ローファスさんが捕まえてきた山鳥は3羽なので、3人で1羽ずつ加工するらしい。本当は私も見て覚えた方がいいんだけど……。

「ユーリさんはお弁当をお願いします」

「ユーリ姉ちゃん、鳥は俺たちに任せときな！」

「ユーリお姉ちゃん、お昼はおべんと持って湖ね」

という、お弁当に対する期待値がすごくて……。

常温で日持ちする野菜は、畑から収穫してキッチンの涼しい日陰に置いてある。

うーん。肉巻きおにぎりだけじゃ確かに野菜不足だ。野菜。黄色いカボチャに、オレンジのニンジン、白いジャガイモ……。

「そうだ！　キャラ弁を作ろう！」

弁当文化のないこの世界に当然キャラ弁文化なんてない。初めて食べる弁当がキャラ弁ってどうなの？　とは思ったけど、子供たちの喜ぶ顔が見たい。

っていうのは単なる言い訳。私……。キャラ弁作ってみたかったの！　日本のかわいいあの子たちにキャラ弁を……、お弁当を作ってあげる機会はなかった。遠足も運動会も花見も、自分の子じゃないから……。お弁当を作ってあげるようなイベントには何ひとつとして関われなかったから。……。今頃どうしてるかな。

よし。材料は少ないし、便利な型抜きみたいなものもないけど。それに、こっちの世界にはピカネズミや、キテネコみたいなキャラもない。でも、作る。

お弁当箱はないので、深めの皿を使うことにする。スープなどを入れる皿だ。肉巻きおにぎりを中心に据えて、ジャガイモ、ニンジン、カボチャを茹《ゆ》でる。

煮る間に、作れるかどうか分からないけれど醤油を煮詰めて水分を飛ばしていく。夏休みの宿題で醤油から塩を取り出す実験みたいなのを昔見た気がする。紙コップに醤油を少量入れて1週間ほど放置して水分を蒸発させようっていう簡単なもの。

塩が欲しい。でもない。うまくいけば、醤油の水分を飛ばすと塩っぽいものができる。というより、食べる醤油……固形醤油ができるのかな？　焦げないように気をつけて煮詰める。何とか、かなり濃い醤油になった。あと一息で水分が飛びそうだけど、焦がしそうでもある。ん？　ちょうど、この濃い醤油、キャラ弁の顔とか書くのに使えそうじゃないかな？　うん。よし。塩っぽくはないけど、これで十分だよね。

野菜が茹で上がる。潰したりくり抜いたり、切ったり。包丁で星やハートの形を作るのは結構苦労した。星とかハート、分かるかな？　そうだ。ポーション瓶の形を作ってみようかな。

悪戦苦闘して、なんとかキャラ弁4つの出来上がりです。

蓋代わりに平らな皿を被せる。それを4つ重ねて、使ってない部屋の枕カバーを引っぺがして、被せてぎゅっとふちっこを縛ってずれないようにする。風呂敷みたいなの欲しいな。

何かないかな？

食糧庫の壁には棚があり、いろいろな道具も置いてあったのを思い出して見にいく。うん、あった。何かを運ぶためのリュックみたいな形の袋。これでいいや。

それから、水筒代わりになりそうな大きな瓶を1つ。キッチンでよく洗って水を入れる。コップもいるね。あとは箸じゃないや、フォーク。持ち物はそれだけで大丈夫かな？

「ユーリお姉ちゃん、鳥の処理できたよ！　来て来て！」

ドアがバターンと開いて、キリカちゃんが入ってきた。

「あのね、ご飯に使うお肉をどれにするか選んで。干し肉にするから」

キリカちゃんに連れられて小屋の裏に足を運ぶ。

すでに、羽根などの素材と、食べられない部分と骨と肉に分けてあり、鳥の形をしていなかった。一応、鳥の形があることを覚悟していたけれど見慣れた肉の状態で少しホッとする。吐かなくて済んだ。

「使う肉か……」

冷蔵庫があれば、冷凍庫があれば全部使うんだけどな。火を通せば今日と明日と2日は大丈夫なはず。夕飯分だけじゃなくて明日の分の肉。今日はローファスさんも含め5人分。明日は……朝にはローファスさんとブライス君が出ていくから、3人分。

……一気に寂しくなるなぁ……。

「じゃぁ、カーツ、穴を掘ってそれを埋めてくれ。キリカは綺麗な羽根をより分けて。髪飾りなどの装飾品の材料として売れるからね」

ブライス君の指示に、カーツ君もキリカちゃんもてきぱきと動き出した。

「あ、待って、待って！　骨！　骨！　骨！」

鶏じゃないからできるか分からないけれど、骨は捨てちゃもったいない。

結婚何年目だったかなぁ。1度だけ作ったことがある。鶏がらスープを。スープの素じゃなくて骨から。主人に褒めてもらいたくて「スープの素じゃなくてね、骨から煮込んで作ったんだよ」って。「へーすごいね」。そう言ってもらえればよかった。でも主人から返ってきた言葉は、「ふぅーん。よっぽど暇なんだね」だった。違うよ。違う。キッチンタイマー使って、洗濯しながら、アイロンかけながら、掃除しながら、タイマーが鳴るたびに鍋に戻ったんだよ。いつもよりいっぱい頑張って動いて作ったんだよ。

ああ、思い出したくない記憶まで戻ってきた。

今も暇じゃないけど、食材を無駄にするような生活はしてない。だから、作るよ！

鶏がらスープ。ニンニクと生姜がないけど、臭み消しはネギと酒でもなんとかなるはずだ。たくさん見たレシピに、ニンニクや生姜を使わないレシピもあった。

ただやっぱり塩がないのが痛い。こう考えると、料理のさしすせそって、砂糖、塩、酢、醤油、ソースって言うけど、必要度で考えればさしすせそじゃないよね。圧倒的に塩。醤油はない国があっても塩がない国はない。砂糖は贅沢品で食べられなくても問題ないけど、塩は食べないとやばい。酢やソースは出番がかなり落ちる。

あ、違った。ソースじゃなくて味噌だ。

いっつも間違えるんだよね。名古屋出身のスイちゃんにいつも叱られたなぁ。「味噌でしょ、味噌！　そもそもソースより味噌の方が圧倒的に出番多いのになんで間違えるかなぁ？」って。

ふふふ。味噌の出番が圧倒的に多いのは名古屋だからじゃないかな？

スイちゃんどうしてるかなぁ……。私と連絡取れなくなったら、心配してくれるよね……。

「骨？　何に使うの？」

おっと。

「スープを作るのよ」

「えー。骨を食べるの？　キリカ、硬いの食べられるかな」

キリカちゃんが骨を見て首を傾げた。

「ふふ、違うのよ、キリカちゃん。骨は食べなくて、スープに味を付けるために使うだけなの。ちょっと手間がかかるから、皆、手伝ってくれる？」

骨は下茹でしたら、綺麗に洗う必要がある。臭みをなくすために。それから骨を砕いて、沸騰しないように注意しながらアクを取りつつ、6時間煮込む。

夕飯までにできるかな？　どうしようかな。いいや。せっかくだからポーション料理の研究に時間を使おう。夕飯の鶏料理もまだ考えてないし、そうそう、ＭＰポーションで何か作って欲しいって言われてたんだ。

あれ？　結局ＭＰポーションって何なんだろう？　まだ確認してなかった。

とりあえず鶏がらを下茹でして水で洗う。えーっと、湖に行ってる間に血抜きしとこうか。水に浸けておけばいいんだよね。

◆◇◆◇◆

「さぁ、終わった。あとはお昼を食べてからにしましょう」

「やったぁ！　お弁当！　弁当！」

キリカちゃんがぴょんぴょんと飛び上がっている。かわいい。子供って全身で喜びを表現するよね。

お弁当一式入れた袋を手に持つ。

「僕が持ちますよ」

私の手からブライス君が荷物を取り上げた。

うっわ、紳士！　見た目は中学生なのに。スマートすぎるよ。

「楽しみだなぁー。キリカね、冒険者になって今が一番わくわくしてるの」

「俺も。まさかこんな楽しみがあるなんて思ってなかった。毎日スライム倒してレベルを上げるだけの生活だと思ってたから。それが、冒険者としての修行だと思ってた」

うっ。ううう、ちょっと涙が出てくる。

日本だったらわがまま言って親に甘えて、それからいろいろ楽しいこといっぱいの毎日を過ごすような年齢なのに。

右手でキリカちゃん、左手でカーツ君の手を握る。仲良く手をつないで歩いていく。

「えっとね、遠足の時は、歌を歌いながら歩いていくんだよ。えーっと、ランランラン」

皆で歩いている時に歌う歌があったよね。なんだったかな、やまを……？　えーっと、まぁいいや！　どうせ誰も知らないし！　適当に創作して歌う。簡単なフレーズ。

「今日は～たのしい～ピクニック～、おべんと持って～いきましょう～ランラランララ～」

われながら歌の才能はない。

「今日は～たのしい～ピクニック～、おべんと持って～いきましょう～ランラランララ～」

それでも、繰り返し歌っているうちに楽しくなってきた。

「今日は～たのしい～」

「「ピクニック～」」

みんなが歌に参加。もっともっと楽しくなってきた！

なんだか、私、すごく今幸せだよ。

湖の畔に到着。

適当に座る場所を作って、４人で輪になり座る。ブライス君から袋を受け取り、コップと水の入った瓶を取り出すと、キリカちゃんが注いでくれた。

何をしてくれと言わなくても、自然とお手伝いしてくれるかわいい子供たち。

「これがキリカちゃんの分ね。これがカーツ君。これがブライス君で、これが私。じゃぁみんなでお弁当を食べましょう」

順にお弁当を配る。私は両手を合わせていただきます。

「うわー、すごぃ、これ、これ、これキリカなの？」

蓋を開けたキリカちゃんが大きな声を出した。

「これは僕ですか？」

「じゃぁ、これは俺だな！」

「あんまり似てなかったね」

キャラ弁、考えた末、皆の姿を作った。

胴体が肉巻きおにぎり。顔にはジャガイモ。ニンジンの手足。

ブライス君の髪は金髪なのでジャガイモペースト、フォークで髪の筋を付けた。赤毛のカーツ君はニンジンとカボチャを混ぜたペースト。キリカちゃんは薄茶なのでカボチャに少し醤油を混ぜた。私は黒髪なので、カボチャの皮にしてみた。それから、煮詰めた醤油で顔を描く。回りに、ペーストにして丸めて団子にしたカボチャやジャガイモ、飾り切りした星型のニンジンやらカボチャの皮やらを載せてある。

「すごい、キリカ、人形もらったの初めてよ。うれしい。ずっと欲しかったの」

え？

「これ、食べずに取っておく！」

ちょっ、いや、うん。

「キリカちゃん、腐っちゃうから、食べようね？」

キリカちゃんが悲しそうな顔をした。

「腐っちゃうの？」

きゅーっと胸が締めつけられる。

なんで、私、こんなキャラ弁作っちゃったんだろう。バカバカっ！

「はー、うめぇ！　キリカも早く食べてみろよ！」

カーツ君ががっつり顔の部分から口に入れてもぐもぐしている。

うん。煮詰めて塩分が強くなった醤油でジャガイモに顔書いてあるからね。美味しいよね。

そういえば、醤油味ポテチとかも売ってたな。合うのよね。醤油とジャガイモ。ああ、でも

バターもあれば もっと最高だったかも……。

キリカちゃんの目尻から涙が浮かんできた。きゅぅーん。胸が締め付けられる。

そうだ！　お弁当を入れてきた枕カバーを手に取る。

おしぼり芸が学生の時に流行った。おしぼりでいろいろ作って遊ぶのだ。枕カバーでもできるだろうか？　くるくると丸めて折り曲げて入れ込んで……、できた！

「キリカちゃん、ほら、鳥さんよ、どうぞ」

キリカちゃんが、枕カバーで即席に作った水鳥を見て目を輝かせた。

「わぁ、すごい」

糸とか針は小屋にあるだろうか。冒険者として装備の点検をしているんだから、服に破れがあったら縫ったりするんだよね？　……だったら。

「ねぇ、ブライス君、装備の点検で服とかが破れていたらどうするの？」

「武器や防具などは、武器屋や防具屋に修理を頼みますね。革の鎧など自分で千切れそうな紐を交換したり、直せそうな部分は自分で直しますよ。服は……周りに繕い物の上手い人がいればその人に依頼しますね。その時々で、宿屋のおかみさんだったり、パーティーのメンバーだったり、ギルドで人を紹介してもらったり。簡単な繕い物ならパン1つくらいでやってもらえますよ」

「この小屋では誰が直せるの？」

ブライス君が苦笑いする。

「上手くはありませんが僕が。まぁスライム相手にしているだけなので、服が破れるようなことはめったにありませんけど」

そうか。ブライス君にも苦手なことあるんだ。なんでもできそうなイメージだったけど。ふふふ。

「っていうことは、冒険者として、ううん、冒険者でなくても縫物ができた方がいいってことだよね？　依頼するとまた契約だかなんだかで、パン1つとか必要だったりするわけでしょう？」

ボタン付けもズボンの裾上げも、家族ならしてもらって当たり前なんだけどね。

「じゃぁ、キリカちゃん、立派な冒険者になるために夜に少しだけ縫物の練習しようか？　私が教えてあげるからね。人形を作ってあげる。キリカちゃんは人形の服を作る練習しましょう」

キリカちゃんの顔がぱっと輝いた。

「キリカに、人形？　本当に？」

「立派なものは作れないけど、それでもいいならね」

キリカちゃんが小さな両手を広げて胸に飛び込んできた。

「ありがとう、あのね、キリカ、嬉しいの。もう、悲しくないの、でもね、なんか、涙が」

「えー、それ、いくらで教えてくれる？」

カーツ君が口を開く。え？　幾ら？

「冒険者としての訓練の1つだから、お金なんていらないよ？　ブライス君が動物の捌き方を教えるのにお金取ったりしてないのと一緒よ？　カーツ君やキリカちゃんが、私にダンジョンルールとか教えてくれるのと一緒よ？　ブライス君、縫物も冒険者として必要なのよね？」

ブライス君が目を細めた。

「ユーリさんは、本当に素晴らしい人ですね。裁縫もできるんですか」

いや、普通に家庭科の授業で習うから、基本的なことは誰でもできるよ、日本だったら。そんな尊敬のまなざしを向けられるようなことじゃないから！

「冒険者として必ず必要なことではありませんが、冒険者としてできた方がいいことに違いありません。カーツにも、そして僕にも教えてもらえますか」

「うん、もちろん」

あ！　そうか。今は男子も家庭科普通にやるもんね。なんか女の子だから縫物をして、男の子だから縫物はしないみたいな思い込みがあった。……主人は女の仕事だろうって言ってたな。

「さぁ、キリカちゃんもお弁当食べてね」

美味しい空気に素敵な景色。

かわいい子供たちと美味しいお弁当。

「えー、どこから食べようかな。お顔はダメなの。周りの丸いのから食べようかな。でもこの飾ってあるのかわいいし」

ふふふ。キャラ弁作ってよかった。

「あー、うまかった！」

キリカちゃんが迷っている間に、カーツ君はすごい勢いで食べ終わっていた。両手両足を広げて寝転がり、満足そうにお腹をさすっている。食べてすぐ寝ると牛になるよって言葉が浮かんだけど黙ってる。普段いっぱい体を動かして生活してるんだもん。牛になんてなるわけない。

「はー」

ブライス君が食べながらため息を吐いた。

「く、口に合わなかった？」

主人の不機嫌そうな顔を思い出す。

「いえ。とても美味しいです。なぜ僕はレベルが10になってしまったのかと悔いていたところです。もう少し小屋にいたかったなと」

「ありがとう。そう思ってもらえてすごく嬉しい。明日出発する時にお弁当用意するね！」

ほっ。みんな喜んでくれた。

「キリカも、明日もお弁当食べたい！」

「俺も！」

「うん。もちろん作るよ。１つ作るのも3つ作るのも変わらないからね？」

明日はキャラ弁じゃなくて普通のお弁当にしようかな。サンドイッチ系でもいいかな？

挟むもの……ハンバーグ？　作れないかな？　塩胡椒がないのが厳しいか。鶏肉なら照り焼きチキンバーガーとかどうだろうか？


「ご馳走様でした」

食べ終わった食器を重ねて袋に入れる。

「ユーリお姉ちゃん、ありがとう。おいしかった！」

「うん、弁当最高だった！」

キリカちゃんとカーツ君は終始ニコニコ。

「ありがとう。美味しそうに食べてもらえると私も嬉しい。本当は何かデザートを用意できたらよかったんだけど……」

「デザート？」

ブライス君が驚いた顔をする。

え？　何？　また何か、この世界ではデザートがなんか違う扱い？

「デザートは貴族や富豪の食すものだと思っていましたが、ユーリさんはもしや……」

「あー、やっぱりユーリ姉ちゃんの事情って、没落貴族ってやつか？」

いやいや、いやいやいやいやっ！　そうか。デザートって贅沢品か！

「ち、違うよ。故郷ではフルーツとかちょっとしたものを食後に食べることが普通だったの。

えっと、貴族じゃなくても……」

「なぁーんだ。デザートってお菓子じゃなくて果物のことか！　だったら、今から探そう！」

探す？

カーツ君の提案にキリカちゃんが元気に手を挙げた。

「うん、キリカも探す！」

「いいですね。今までは食事といえばパンとジャガイモばかりで、気にもしていませんでしたが、ダンジョンの周りには実の生《な》る木もあると思いますよ」

そうか！　そうなんだ！

果物は果樹園って頭があったし、森の恵みというとキノコやら山菜のイメージが強すぎたけれど、確かに探せばあるかもしれないよね！

「あった！」

早速、キリカちゃんが真っ赤な小さな実の生った木を指差した。

「そういえば、そろそろ熟す時期でしたね」

サクランボよりも小さく、少し細長い形の真っ赤な実がたくさん生っている。何の実なの？

「しっかり熟しているから甘いけれど、少し渋いよ。渋いの大丈夫かな？」

ブライス君が実を取り、キリカちゃんと私の手に載せてくれた。

パクン。キリカちゃんと同時に口に入れる。

甘い。フルーツ独特の、砂糖とは違う甘みだ。そして、口に渋みが残る。うーん。美味しいけど、後味が残念。

「いただきまーす」

カーツ君が手を伸ばして実を5つ6つ取って口に入れた。

「あまーい。うめー、しぶっ、にがっ。でもうめー！」

と、実に複雑に味わっている。砂糖が高級品のこの世界では〝甘い〟は貴重だもんね。

「キリカも、もっと食べる！」

キリカちゃんの身長では実に手が届かないので、真っ赤に熟して美味しそうなものをいくつか取って渡してあげる。私も口に入れる。

なんか、後味の悪いリンゴを食べた時のようだ。安さに釣られて8個で400円とかで買ったら、渋みがあった。もちろん主人に出せるわけもなくて……。そういえば、あの時のリンゴは、お菓子作りに使ったんだ。火を入れたら渋みも消えた。火を入れたらこの実も美味しくならないかな？　試してみよう。

「料理に使えないか試してみたいから、多めに持って帰っていいかな？」

真っ赤な実を摘んで袋の中に入れていく。

「料理？　果物を？」

ブライス君が目を丸くしている。

そうか。料理には使わないのか。確かにメロンと生ハムを一緒に食べるのを知った時にはびっくりしたし、酢豚にパイナップルが入っていた時もびっくりした。

「茱萸《ぐみ》の実が料理になるのか？」

茱萸の実か！　そういう名前の実があるって聞いたことがある。これがそうなんだ！

「じゃぁ、あれは？　もう少ししたら食べられるようになるけど、あの桑の実も料理になるのか？　だったら、熟したら取ってきてやるよ」

カーツ君が別の木を指差す。

桑の実！　桑って、蚕《かいこ》の餌ってイメージしかないけど、食べられる実が生るの？　視線を移すと、ベリーだ！　ベリーっぽい形の小さな実が生ってる！

「じゃぁ、あの木苺も、食べられるようになったら料理に使える？」

　キリカちゃんがまた別の木を指差した。木苺？　木苺まであるの？　楽しみ！


　たっぷり茱萸の実を収穫して小屋に戻る。

「何か手伝える？」

　小屋に戻ると、キリカちゃんが期待に満ちた目で赤い実の山を見ている。

　えーっと、何が作れるかはまだ分からないんだよねぇ。鶏肉料理も考えないとだし、鶏がらスープもそろそろ煮込み始めないと。

「またあとで手伝ってもらいたいことがあったらお願いするね！　午後の訓練を頑張って！」

　と3人を送り出したものの、あれ？　私、いつ訓練するの？　レベル上げないといけないよね？　まぁいっか、1日くらい。だって、今日はブライス君最後の夕飯だもん。ちゃんとした料理を作ってあげたい。

　かまどの鍋に、水と鶏がら、臭み消しのネギと酒を入れて火をつける。水から温めて、沸騰しないように気を付けながらアクを取ればいい。6時間煮込む手間はかかるけど、レシピ的に複雑なことをするわけではない。

さて、次は鶏肉だ。鶏肉に目を向けると、視界の端にＭＰポーションの瓶が映った。

そうだったぁ！　ＭＰポーションを使った料理も考えないといけなかったんだ。

鶏肉に合う材料だといいな……。

きゅぽんと蓋を開けると、しゅわわーと泡が弾けた。ああ、また炭酸。匂いを嗅ぐ。少し手に取って舐める。

うっわー、これ、アレだ。ジンジャーエールに続いて、あの炭酸飲料。

「コーラかぁ……」

料理に使うなら、ジンジャーエールに似た使い方になるよね。あ、生姜風味を避けて甘みだけ欲しい時に使える？

コーラって手作りできたんだよね。なんとなく材料が気になって調べたら、手作りコーラのレシピが出てきたんだ。シナモン、バニラ、クローブ、カルダモン、レモン、砂糖。

たぶんそれで合ってると思う。

今度はコップに少しＭＰポーションを注いで飲む。

うん、やっぱりか。市販のコーラよりもう少しスパイスの香りが強い。ジンジャーエールも生姜風味が強かった。これだけスパイスの香りが強いのに、和食に合うかな？　どうしよう。

鍋の様子を見て、沸騰しそうなところで火を弱めた。微妙な火加減も火の魔法石でちょちょいのちょいって、すごく便利。

アクをすくい上げ、急いでダンジョンに行って声をかける。

「1人お手伝いお願いしていいかな?」

カーツ君が名乗りを上げた。

「こうしてアクが出てきたらすくって捨てて欲しいの。ちょっと畑に行っている間、お願いしていい?」

「畑なら俺が行こうか?」

「うん、ありがとう。料理を考えながら、畑にある野菜を見たいから」

冷蔵庫の中身を見てメニューを考えるのと同じように、畑に生ってる野菜を見てメニューを考えるってすごい贅沢な生活?

険しい岩を、全身を使って登っていく。はー、はー、場所がこんなところになければ贅沢な生活かもしれないけど……。これ、階段とか作ってもらえないかな……さすがに無理かぁ。

畑の大きな雑草はカーツ君がちょっとずつ抜いてくれているのでだいぶ野菜の姿が見やすくなった。小さな雑草は、雑草じゃないものまで抜いてしまわないように一緒の時に1つずつ確認して作業することにしてある。

こっちの世界のっていうか、日本であまり見ないものはちょっと私にも分からない。特に葉っぱ見ただけじゃぁね。ビーツの葉っぱとかがどうなってるかなんて私は知らないもん。

うーん、どうもカーツ君たちもあんまり野菜とかに詳しくないみたいだし、一度街で八百屋さんとか見てみたいな。野菜以外の食材も見たい。

それには、もう少しお金が貯まってからの方がいいかな。さすがに、見るだけになるのはつらい。ポーション1つで100円って考えると、現状1日に500~1000円くらいの収入だもんね。香辛料類は高くて貴族の使う物だってブライス君が言っていた。でも、せめて胡椒くらいは欲しい。

ハズレポーションで胡椒汁とか出てこないかな。うーん、胡椒の飲み物なんてなんかあったかなぁ？　全く思い付かない。

畑を見ながら歩いていくと、水田に突き当たる。

「そういえば、この向こうには何があるのかな？」

水が溜まるところに稲が植えてあるって話だったけど。その奥はまだ見てなかった。水田を避けてその向こうに行く。

ありゃ。もう、これ、池じゃん。なんかモネの池みたい。綺麗。えっと、スイレンだったっけ。岐阜の関市にモネの絵画、「水連」に似た池があって話題になったよね。

あれ？　目の前の池に浮かぶ花をよく見る。

スイレンって水に浮かんでるように咲いてるんじゃなかったっけ？　浮かぶ花じゃなくて、突き出た花だ。もしかしてスイレンじゃない？

「ハ……ス？」

水連じゃなくて、蓮《はす》だとしたら！

いや、いや、待って、えっと、どうやって確認しようか？　キョロキョロと見回し、長い棒みたいなものを1つ拾って池に突き刺してみた。水の深さは意外と浅いけど、それからずぶずぶと泥の中に沈んでいく。

うっ、水の部分が30㎝、泥が50㎝くらい？　これ、入ったら足が抜けなくて大変になるやつだよね？　なんとか手を伸ばしてチャレンジしてみよう。

上の服を脱ぐ。着の身着のままここに来ちゃったから、着替えがないんだよね。だから汚すわけにはいかない。っていうか、そうか。街に出たら着替えとかも買わないといけないんだ。香辛料買うより先だなぁ。

お金、いっぱい貯めなくちゃ……。服って幾らくらいするんだろうか。

カーツ君やキリカちゃんは着替えどうしてるのかなぁ？　人形が欲しかったって言ってたキリカちゃん。女の子ならかわいい服も欲しいんじゃないかなぁ？　それとも、冒険者だから邪魔になる装飾がある服はいらないって言うかな？　むしろ防御力アップする服とかを欲しがるかな？

あー、ダメダメ！　洋服も作ってあげたいとか思っちゃった。日本の子供たちにも作ってあげたかった。でも我慢してたんだ。お母さんが選んで買ってくれた服を着てる子たちに、預かっているだけの私が手作りの服なんて着せるわけにはいかないもの。

カーツ君とキリカちゃんにも……作るの我慢しなくちゃダメなんだよね、きっと。小さいけれど冒険者だもの。子ども扱いしちゃ失礼だ。

ブルブルと気持ちを切り替えるために小さく頭を振る。

首からぶら下げた冒険者カードがキャミソールの上で揺れる。

おっと、これを落としたら大変だ。

脱いだ服の上にカードを置いてから、身を乗り出し、池の中に手を突っ込む。

肩までぎりぎり手を突っ込み、泥の中を漁る。うーん、やっぱり無謀だったかなぁ。スコップみたいな、なんか柄の長い何かいるよな。

いや、もういっそロープを頼りに脱出できるようにして足から入った方が……。

と、思っていると、手に固いものが触れた。

「あ！」

ぐっと握って引っ張り出す。

重い！　いやいや、力いっぱい引っ張るけど、力負けするっ！　片手じゃ無理だ。両手を突っ込んで両手で引っ張る。

「へぶっ」

頭が池にダイブ。

げふ、げふ、げふっ。水を少し飲んじゃったけど、でも、でも、でもっ！

「取ったどーっ！」

と、思わず獲物を天に掲げてしまった。

「ははは。これ、水連じゃなくて蓮でしたよ！　レンコンあったもん。ふふふ。レンコン」

天ぷらにすると美味しいよねー。鶏ミンチを挟んで揚げるなんて最高じゃないかしら？　ちょうど鶏肉……、鶏じゃないけど、山鳥の肉もあるし。

あ、でも、油がなかったっ！　ショック。菜の花とかあれば、菜種から油も作れるかな？

いや、でもまぁいいや。レンコン。何作ろうかな。

池の水で泥を洗い落とし、服を着る。

コーラ味のＭＰポーションでレンコンを煮る？　いやいや、ないない。うーんと、えーっと。

レンコン持って岩場を慎重に下りていき、小屋の近くまで足を運ぶと、鶏がらスープの香りがしてきた。

そうだった！　鶏がらスープ作ってたんだ！　ってことは、このレンコンは……。うん。メニューは決まった。

「ただいまー、アク取りありがとうね！」

カーツ君がへへっと笑った。

「手伝うのは当たり前さ！　お礼なんていらないよ」

うん。そうでした。働かざる者食うべからずでしたね。でも……。

「当たり前のことでも、してもらったら嬉しいのは分かる？」

カーツ君が小さく首を傾ける。

「手伝ったんだから食べさせてもらえるのは当たり前って思う？　それとも、料理を作ってもらえて嬉しいなって思う？」

「そりゃ、嬉しいっ！」

「うん。嬉しい気持ちをありがとうで伝えるの。カーツくんがお手伝いしてくれるの、食べさせてあげるんだから当たり前なんて私は思ってなくて、手伝ってもらえて嬉しいし、感謝してるから。だから、ありがとう」

カーツ君のほっぺが少しピンク色になった。

「お、俺も、俺も手伝わせてくれてありがとう！」

え？

「これ、鳥の骨なのに、すんごくいい匂いがする。ゴミだと思っていたのが食べ物になるの見て、すごくワクワクして楽しいんだっ！」

ああ、うん。そうだね。料理って楽しいよね。

「ふふ、そっか。よかった。お手伝いを楽しんでくれてありがとう」

お互いにありがとうありがとうと言うのが可笑しくて、思わずカーツ君と笑う。

「あー、なぁに？　なぁに？　楽しそう、キリカにも教えて？」

両手いっぱいにポーションの瓶を持ったキリカちゃんが小屋に入ってきた。

「あのね、キリカちゃん、夕飯はきっと美味しい物が食べられるよ？　カーツ君が頑張ってくれたからね？」

「カーツお兄ちゃんが？」

キリカちゃんがちょっと驚いた声を出す。

「え？　俺？」

カーツ君が焦った声を出す。

「楽しい気持ちで作った料理は美味しくなるからね？」

そっとカーツ君の頭を撫でる。

「料理って楽しいの？　キリカもやりたいなー」

うーん、じゃぁ続きのアク取り手伝ってもらおうか？　でもなぁ。キリカちゃんってまだ5歳くらいだよね。

火の魔法石を使っているから炎は出てないけれど、鍋を触ったりひっくり返したりして火傷でもしたら大変だよ。心配しすぎかな？

クッキーとか作れるといいなぁ。まずはお菓子だよね。一番楽しいもん。とはいえ製菓材料っぽいので何とかなるのって小麦粉だけかぁ。うーん。うどん？　うどん打ちも楽しいよね？

はっ！　塩がない……。ここでも……塩問題。塩欲しい！

「おーい、キリカ、これも部屋に持っていってくれないか」

ブライス君が大量にポーションの瓶をテーブルに置いた。

使ってない部屋のシーツを引っぺがして半分に折り、強度を高めた上で風呂敷のように使っている。ハズレポーションを運搬したり保管したりできる箱とか早急に欲しいね。

ブライス君がいなくなったら、幼いカーツ君とキリカちゃん、それにひ弱な私の3人になっちゃうから。一輪車や、キャリーカートみたいなのがいるような気がする。

「あ、はーい！」

「俺も手伝うよ」

キリカちゃんとカーツ君が、ブライス君の手伝いに行った。

さて、私は夕飯の続きと、ＭＰポーション料理を考えないと。

あ、あと、今までは適当に……いや、目分量で料理していたけれど、ハズレポーションレシピを開発するならばきちんと記録を付けるべきだよね。

そうだ！　私以外の人が作っても効果があるかの実験も必要だった！

キリカちゃんにはあとであれを作ってもらおう！　料理には違いない！

やることいっぱいで頭の中がごちゃごちゃだ。まずは……、アク取り！

メモを取るための紙と筆記具持ってこなくちゃ。インクとつけペンかと思いきや、鉛筆みたいなのがあるんだよ。

早速メモ。えーっと、今日の料理の材料は……。

【鶏がらスープ】
・鳥の骨（何かの山鳥3羽分）
・水（鍋に8割くらい、減ったら足していく）

あれ？　鍋の大きさが違うともうダメだ。山鳥だって、大きさが違うともうダメだ……。ダチョウみたいな大きな鳥がいたら3羽とか入らないし。

……。水とかだいたい何リットルくらいって書いて分かるかな？

文字はローファスさんが日本語でも大丈夫とか言ってたけど……。単位も大丈夫なのかな？

そもそも、なんで日本語で大丈夫なんだろう？

ポーションレシピを広めるなら、共通の分量単位は必要だよね。

調味料の方はどうしようかな。ポーションの瓶は今のところサイズは1つしかない。

よし。だいたい目分量で、ポーション瓶の半分、4分の1、8分の1の量を基準にレシピにメモしよう。それなら共通認識できるよね？

瓶1本入れますとか、瓶4分の1入れますとか。10等分だとかだと、5等分が必要で、奇数は分けにくいだろうから。

紙を細長く手で千切る。ポーション瓶の液体の高さの印を付けて、半分に折って、それをまた半分、さらに半分。よし、これで8等分。印を付けて、それをポーションの瓶に貼れば目盛り付きの瓶の出来上が……。

「テープないよね……糊もないけど、糊なら米で代用できるけど……」

瓶に米粒で紙を貼る？　各家庭でそんなことするの？

っていうか、使い終わったら紙を貼り替える？　めんどくさいよね？　そうだ。

木の板を探して目盛りを書き写す。これが定規みたいになる。もうちょっと便利にしたいけど今の私にはこれが精いっぱいだ。

えーっと、鶏がらスープの続き。

・料理酒、ネギ、野菜くず

あとで味を調《ととの》えるための調味料はまた別。何味にするかなぁ。

塩欲しい。塩。

それから、レンコンを使った一品に取りかかる。えーっと、メインは鳥肉？　野菜もたっぷり入れるから野菜？　料理の名前はなんとつければいいのかな？

調味料はいつも通り目分量で使って、減った分がどれくらいかっていうのを定規で測ってメモすればいいよね。じゃないと目分量の勘が掴めないのと、途中で足したりもするだろうし。

うん。意外と便利かも。使った量をあとで確かめるだけってのは。

鍋のアクはもうあまり出なくなってきた。

そうだ。ご飯も炊かなくちゃ。

おかずはあるのにご飯がないとか一度だけやったことがある。正確にはご飯がないことは何度かあったけど、パンやパスタなどで代用できた。カレーライスの時に1度だけご飯がなくて……。まだ料理初心者だった頃だ。うわーどうしようって焦りまくっていたら、

「大丈夫。カレーは明日食べよう。一晩寝かせたカレーになるからもっと美味しくなるよ」

と主人が外食に連れていってくれた。

いや、当時は結婚してなかった。まだ婚約の段階だったかなぁ。

ご飯を炊いている間に、野菜や肉を切る。皮剥きはピーラーがないから少し時間がかかる。野菜の皮は鶏がらスープへ野菜くずとして追加。途中で入れても平気かなぁ？　まぁいいか。もったいないもん。入れちゃえ入れちゃえ。

ご飯が炊けた。よし。

外に出てキリカちゃんの姿を探す。いたいた。大量のポーション瓶の仕分けをしている。

「キリカちゃん、料理手伝ってくれる？」

声をかけると、ぱぁっと嬉しそうな顔がこちらを向いた。

「うん。キリカ頑張るよ！」

「じゃぁ、まずご飯を握ります」

比較の対象となるため私も作る。作るのは前に作った焼きおにぎり！

これならキリカちゃんにもできるはずだし、私が作ったものとキリカちゃんが作ったものとの効果を比較しやすいよね？　味の失敗もよほどのことがなければ大丈夫だと思うし。丸焦げとか醤油をつけすぎるとかしない限り。

小さな小さなキリカちゃんの手で握ったいびつな形のおにぎりが10個。私が握った三角のおにぎりが5個。

「キリカ、ユーリお姉ちゃんみたいに上手にできない……」

「ううん、初めてにしては上手よ！　それに、手の大きさも違うからね？　これからどんどん上手くなるよ。それにね、私はキリカちゃんが作ったのが美味しそうですごく食べたいよ」

「本当？」

「うん。だって、誰かが私のために作ってくれたものって、それだけで美味しいんだよ？」

ふと、亡くなった母親の料理を思い出す。

……食べたいなぁ。って思っても、もう2度と食べられない。なんで、生きている間に料理を教えてもらわなかったんだろう。

何度カレーを作っても、ママの作ったカレーの味にはならないんだよ……。

カレーかぁ。この世界にカレー粉はないよねぇ。スパイスを組み合わせてカレーを作るなんて無理だから、もう2度とカレーは食べられないかもなぁ。

「あのね、あのね、この一番上手に握れたの、ユーリお姉ちゃんに食べてほしいのっ！　これよ、これ！」

キリカちゃんが、鉄板の中央に載ってるおにぎりを1つ指差した。

「ありがとう」

嬉しい。自分で食べたいだろうに。一番上手にできたのくれるって言うんだ。

「じゃぁ続きね。醤油……黒のハズレポーションを塗ります」

刷毛《はけ》がないので、スプーンで醤油を塗る。ところどころたくさんかかってムラになっているのはご愛敬。

キリカちゃんも必死に醤油と格闘している。かわいい。キリカちゃんの頭の両サイドにぴょんと出ている髪の毛を撫でる。ん？　触り心地が少し硬い？

この両サイドにぴょんと出てる髪は、何かで固めてこういう髪型にしてるのかな？

この世界のオシャレ？

「塗れた！　次は、焼くんだよね？」

「そうだよ。オーブンに入れようね」

どこまで手伝っていいのか分からない。あまり手伝いすぎると、キリカちゃんの作った料理じゃなくなる可能性がある。なので、重い鉄板を運んで、オーブンに入れるところもキリカちゃんに任せる。火加減は口頭で教えてキリカちゃんが調整。

キリカちゃんはオーブンの前に張り付いてじっと中を見ていた。分かる。分かる。私も初めてクッキーを焼いた時は、ずっと焼けるまでオーブンの中見てたもの。キリカちゃんがオーブンに張り付いている間に、鶏がらスープの仕上げと、鶏肉とレンコンの料理を進める。

あ、使った調味料、メモメモ。

よし、できたー！


カーツ君とブライス君を呼びにいく。2人はポーションの仕分けをしていた。ハズレポーションの数を確保するために午後も何度か玉ねぎと板で一網打尽作戦を実行しているみたいだ。

「ご飯だよー」

「待ってました！」

カーツ君が満面の笑みで立ち上がった。

「ではポーションを運んだら食堂へ行きますね。カーツも運んでからだぞ」

「お、おう！」

ブライス君が、大量のポーションの中から、当たりポーションの瓶を5つ差し出した。

「これ、ユーリさんの分です」

「え？　だって、私はダンジョンに入ってないよ？」

「みんなで話し合ったんですよ。ユーリさんがダンジョンに入れないのは、食事の支度をしているためでしょう。遊んでいるわけではなくて、僕たちみんなのために働いているんだから、報酬があって当然だと思うんです」

報酬？　私は皆に食べて欲しくて作っているだけなのに……。

「レベルを上げるために、それぞれが取った分は個々のものにしますが、ユーリさんの考えた板の方法で取ったものは、みんなで分けようって決めたんです。食事も、ダンジョンに入る力をつけるために必要なことですから」

そうかな？　食事はダンジョンに入らなくても必要だと思うけど……。

「専業主婦なんだから、食事の準備なんて空気を吸うくらい当たり前のことだろう？　褒めてもらうようなことじゃないだろ？」

……いつか言われた、主人の言葉が頭をよぎった。

「そうそう、ダンジョンルール、パーティーは協力すること！」

カーツ君が、ニカッと笑う。

「ですから、受け取ってください」

ブライス君が、当たりポーションの瓶を私の手の上に乗せる。

美味しい、って、言って食べてもらえるだけで嬉しいのに。

ありがとう、って、言ってもらえるだけで幸せなのに。

料理を労働と認めて、報酬をくれようとするなんて……。

ビックリしたけれど……、ありがとう。


「では、いただきます！」

ローファスさんがまだだけれど、子供たちを待たせるわけにはいかないので、先に食べることにした。

フォークを伸ばした時、一瞬、手の動きが止まる。

「主人を差し置いて、先に食事する妻がどこにいる！」という主人の言葉を思い出したのだ。

……大丈夫。ローファスさんはあの主人ではないし、それに……〝一家の大黒柱〟でもない。

〝家長〟でもない。……うん。待たなければいけない理由はない。……ううん？　もし家長だったとしても、ローファスさんは子供思いの人だもの。「帰りを待て」なんて言わないはずだ。

「は、なんだこりゃ、酸っぱいぞ」

鶏肉を口に入れたカーツ君が、驚いた顔をしている。

「ええ、不思議な味ですが、美味しいですね」

ブライス君が、ピーマンを口に入れた。

「うわー、これ面白い。穴がポコポコ開いてる。キリカ、初めて見た」

「ふふ、それはレンコンというのよ。止血効果があって、風邪薬としても昔は使われていたんですって。今でも、咳《せき》がひどかったり下痢の時にレンコン汁を飲む人もいるのよ」

預かっていた子供たちが、苦しそうに咳をしていた時に調べた知識だ。

「止血効果？　野菜じゃなくて薬草の一種ですか？　通りで見たことがないはずですね」

え？　薬草？

「ううん、違う違う、野菜だよ？　畑から採ってきたんだよ。どんな食べ物だって、多少は何か体にいい効果があるから、それで薬草に分類しちゃうと、野菜がなくなっちゃうよ？」

薬草っていうと、漢方薬に使われるような効果の高い植物のことじゃないのかな？

ああ、でも確か、いくつかの漢方薬には生姜が入ってると聞いたことがある。料理にも薬にも使えるものがあるんだよね……うーん、でもレンコンは……やっぱり野菜だよね？

「だけど、こんな穴開き野菜なんて見たことないぞ？」

「畑で育てられないからかな？」

「え？　畑の植物ではない？　森に入って探してきたのですか？　１人では危険ですよ」

「すごい、シャクシャク音がするよ、この野菜。おもしろい。キリカ、レンコン好き。ユーリお姉ちゃんの作った料理はどれもおいしくて大好き。この酸っぱくって甘いのおいしい」

ふふ。

「今回はね、鶏肉と野菜の甘酢餡《あん》かけを作ってみたの。せっかく、ハズレポーションの中に酢があるんだから、と思って」

そう。甘酢餡は、酢と酒と醤油と砂糖で作れる。生姜が入ってもオッケーなので、ジンジャーエールを砂糖代わりにしたら作れちゃいました。ちょいと水分が多くなっちゃったから、水気を蒸発させるのが手間だったけどね。

一口サイズにカットした鶏肉、ピーマン、レンコン、ニンジンに火を通して、少しの鶏がらスープとハズレポーションの酢と醤油と、当たりポーションで作った甘酢餡で絡めました……。

まあ、正確には餡じゃないけどね、片栗粉がなかったから。小麦粉もなかったし。不味い麦って言われている米しかなかった……あれ？　米粉でもとろみって、ついたんだっけ？

とりあえず、小麦は欲しい。ローファスさんに渡す「欲しいものリスト」に書き加えなくちゃ。

この甘酢餡は、絡み方がちょいと物足りないけれど、酸っぱさと砂糖の甘味、それと醤油の香り……うん、美味しい。

レンコンはしゃっきしゃき。鶏じゃない山鳥のお肉も、ふわっと美味しい。適度な歯応えもある。3種類の鳥が混じっているから、ムネみたいなのとモモみたいな肉、それからササミっぽい肉とが一緒に味わえて、ラッキー！　臭みも特にないし、食べやすい。

「ふわぁー、すっごい。すっごい。このスープ、すごくおいしいの。ユーリお姉ちゃん、これ、骨のスープでしょう?」

「うわ！　まじか！　本当だ！　肉が入ってなくてもうめぇ」

よかった。鶏がらスープは、キリカちゃんにもカーツ君にも好評だ。

私もスープを一口すくって飲む。うん。鶏じゃないけれど、美味しい。

するとブライス君が、スープを口にして目を見開いた。

「これはすごい」

その時、バッターン！　と大きな音を立てて、ドアが開いた。

「ただいまー！　腹減った、ごはーん！」

ローファスさんだ。

帰ってくるなり、そのセリフ。まるでドラマの中の男子高校生のようで、ちょっと可笑しかった。

「お手伝いしてないでしょ?」

すかさずキリカちゃんが、ローファスさんにびしっと言った。

「いや、ほら、手伝った。これこれ。食材を捕まえてきたから」

どっしん、と、背負っていた荷物をローファスさんが下ろした。

「ぎゃっ！」

私は思わず、かわいげのない悲鳴を上げてしまう。背中の塊は、小ぶりの猪だった。

「ローファスさん、食事中ですっ！　外に出してください！」

死体を見ながら食事をする趣味はない！　それに、獣毛やら何やらがいろいろ舞い上がって、ご飯に入りそうだ……もう！

「あー、すまん……」

ローファスさんが、すごすごと外に出ていった。

「食事のあとに処理しますすね。カーツやキリカとユーリさんだけじゃ、まだ難しいですよね」

ブライス君の言葉に、私は素直に頷いた。

「ありがとう。そうだ、じゃぁ今度は、豚骨スープにチャレンジしてみようかな？」

「豚骨スープ？」

猪の骨からもスープが作れたはずだ。どこかのお祭りで見た。豚骨ラーメンならぬ猪骨ラーメンを売っているのを……。

たぶん基本的な作り方は、鶏がらスープと同じと思っていいよね？　ああ、でも鶏がらスープがまだたくさん残っている状態で、豚骨スープを作っても食べきれないか。冷蔵庫もないし、冷凍保存もできない。

「ううん、何でもない。またそのうちね」

「あー、腹減った」

ローファスさんが戻ってきた。

慌てて立ち上がり、ローファスさんの食事をよそってテーブルに置いた。まだ十分に温かい。

「はい、どうぞ。このスープを作るのに、カーツ君が手伝ってくれたんですよ。だからとても美味しくできました」

器を置くやいなや、ローファスさんは両手で器を掴んでごくごくとスープを飲み出した。

「うまい！　お代わり！」

「え？　あ、はい」

勢いで器を素直に受け取ってしまったけれど、ローファスさんは1杯目を立ったまま飲んでいた。これは注意しなくちゃ。お行儀が悪いです。

「カーツが手伝ったのか。うまいぞ。すごいな、カーツ」

ローファスさんが笑顔でカーツ君の頭を撫でている。お行儀……まぁ、うん。今はいいや。

「へへっ。少し手伝っただけだけどな。ユーリ姉ちゃんがすごいんだよ」

カーツ君は、とても嬉しそうな顔をしている。

「キリカも手伝ったのよ。これ、キリカが作ったの！　ローファスさん食べて！」

キリカちゃんが、ローファスさんに焼きおにぎりを差し出した。形はよくない焼きおにぎりだけれど、キリカちゃんが小さな手で一生懸命握ったものだ。

「すごいなキリカ、美味しそうだ」

「待って！」

ローファスさんの手をがっつりと掴んで、食べようとするのを止めた。

しまった！　つい忘れていた。焼きおにぎりに使ったのは醤油で、確か醤油は、防御力に補正値が付くんだったっけ？

ローファスさんが口にした鶏がらスープに、醤油は使っていない。野菜と鶏がらの旨みで十分美味しかったから、醤油を使うのをやめたのだ。

「効果を調べておかないと。私が作っても、キリカちゃんが作っても、効果が同じなのか」

「おお、そうか。ステータスオープン。お、スープの効果が早速出てるな。ＨＰに補正値が付いてる。回復スピードも速いなぁ」

料理酒とジンジャーエールの効果だ。

「じゃぁ、キリカ、食べるぞ」

ローファスさんが、キリカちゃんの作った焼きおにぎりを一口で食べた。大きな口。いや、キリカちゃんの作った焼きおにぎりが小さいから？

「うまいなぁ。キリカは天才だ。もう1ついいか」

「えへへ。いっぱいあるから、どんどん食べていいよ」

キリカちゃんが焼きおにぎりをローファスさんに差し出した。

ふふ。楽しそうな顔、嬉しそうな顔、幸せそうな顔。

食事だけで、こんなに素敵な瞬間が生まれるなんて不思議。

えへへ。私も楽しくて嬉しくて幸せ。

「うまい」

「キリカ、俺にもくれよ！　このままじゃ、ローファスさんが全部食っちまうっ！」

カーツ君が、キリカちゃんに手を差し出す。

「ローファスさん、食べてばかりではなくて、補正値の確認もお願いします」

ブライス君に言われて、ローファスさんがハッとなる。

「あ、ああ、そうだった。えーっと、さっきと違うところか」

私たちには見えないけれど、ローファスさんにはステータス画面が見えているのだろう。

「黒のハズレポーション、醤油を使っているとすると、防御力に補正値が付いているはずです」

果たして、キリカちゃんの作った焼きおにぎりでも、私が作った焼きおにぎりと同じ効果があるのか……。

あるのなら、ハズレポーションレシピの責任も重大だ。

ん？　待って？　もし、私にしかない能力なんてことだった場合はどうなるの？　それなら冒険者用の食堂とか営む？

食べてから効果がある時間はどれくらいだったっけ？　食べてダンジョンに移動するまでに効果切れちゃうよね？　……とすると、食堂をするとしたら、ダンジョンの入口とかで？

えっと、このポーション畑と言われてるところも一応ダンジョンなんだよね。でも、たぶん補正効果がある食べ物が必要なのは、初級ダンジョン？　それとも中級とか上級とか？　……確か、ここから何日か移動した場所なんだよね……。街からもずっと離れちゃうし、食材の入手とかどうしたらいいんだろうね？　畑とかあるのかな？

って、違う、違う！　私は食堂で料理を作るんじゃなくて、冒険者になるんだ！　レベルを上げて……。あれ？　レベル上げて、魔法が使えるようになったら、冒険者の副業で食堂をしてもいいかな？

でも、誰が作ってもポーション料理に効果があるなら、私よりも腕のいい料理人が作るようになるよね。食堂を営むのはなかなか競争が激しくて難しいかもしれない。日本だって、飲食店は競争が激しいんだもの。開店したかと思うと2、3年で潰れちゃうところも多い。そう簡単に、私にもできるかななんて考えない方がいい。

そもそも、こちらの世界では、知らないことが多すぎる。食堂をするならば、どこかの食堂で働きながらまずは食堂経営について勉強しなくちゃ。って、そもそも資金が必要なんだよね。うん、やっぱり立派な冒険者になって、いっぱい働いてお金を貯めて、それから食堂で修行して……。

「あ、防御力の補正値が増えているぞ！」

ローファスさんの言葉に、もわもわと膨らんでいた夢の風船がパーンと弾けた。

そ、そうなんだ。

私だけってことじゃないんだね。だったら、ダンジョン前食堂とかは素人の私には無理かな。

「えーっと、どれくらい増えたんだこれ？」

ローファスさんが首を傾げている。

「ユーリさんの料理を食べた時は、倍に増えたと言っていましたよね？　僕たちはユーリさんの料理でプラス10。今回、確認するべきでしたが、先にユーリさんの料理を食べてしまったのでキリカの料理でどれだけ補正値が付くか分からないんですが……。どうですか？　ユーリさんの料理と比べて」

ブライス君が興奮気味にローファスさんに尋ねている。

「キリカの料理でも補正値が付くということは、自分で料理しても補正効果が得られるということになりますよね」

あ、そうか。自分で料理して自分で食べればいいのか。

ってことはダンジョン前食堂の必要性はますますないかも……。

「えっと、うーん、そうだなぁ」

ローファスさんが首を捻ってテーブルの上の鶏肉と野菜の甘酢餡かけをパクり。

「あー、それ俺の」

カーツ君が椅子から立ち上がって抗議する。

「まだあるからね？　子供の食事を取り上げる大人がいますか！　もうっ！」

「あー、すまんすまん。ちと確認したいことがあってな。えっと、ユーリの料理を食べた時にはほぼ倍になるから、キリカの作ったものを食べた時の差の数字がえーっと、こーで、あーで」

……もしかして、ローファスさん、数字関係弱いのかな？

小屋では数字で困ったことはなかったけど、それは簡単な数字だけだったからかな？

冒険者養成学校はどうか分からないけれど、学校に通っていないキリカちゃんやカーツ君は計算とか学ぶ機会はない？　うん。教えられることがあれば教えよう。ハズレポーションを集めたら、きっと何十どころか何百とかそういう数の計算も必要になってくるはずだ。１本幾らで、それを何本売ったら幾らになるかというのも……。

ポーションはパン１個という簡単な計算だ。ハズレポーションがどれくらいの価値で取引されるようになるか分からないけれど……。この子たちが騙されないように足し算と引き算と掛け算。割り算は、まぁ、うん。いいや。計算が嫌いじゃないようなら教えよう。私は嫌い。特に余りがある割り算。

「そうだなぁ、ユーリの料理を食べた時に比べると、10分の1くらいの補正値効果かなぁ？」

「10分の1、ですか？　だとすると、僕らが食べたら補正値はプラス1になるんでしょうか……すぐに確認したいところですが、早くて夜中ですかね」

「私の作った料理の方が、効果が高いんですか？」

私は驚いてるのに、他のみんなは大して驚いている様子もない。

「まぁ、ユーリ以外が作っても、ある程度の効果は期待できると分かったんだ。すごいぞ」

「引き続き研究が必要ですね。効果の違いが、完成度によるものなのか、スキルレベルによるものなのか、それとも生まれ持った『ギフト』によるものなのか……」

そういうことですか。効果の違いはいくつもの理由が考えられるってことか。

そういえば、ローファスさんはブライス君の魔法をすごいと言っていたし。魔法とかそういう不思議な力には個人差があってしかるべきってことかぁ。

「明日の朝、皆で焼きおにぎりを作りませんか？　誰が作ったものがどれだけの効果があるのか確認しましょう」

ブライス君の提案に、みんなが頷いた。

「え？」

明日の朝も焼きおにぎり？　えっと、明日の朝はパンを食べるつもりだったんだけど……。

まぁいいか。パンを使ったメニューは、お弁当にすれば。人数がいる間に実験できることはした方がいいもんね。

「はぁー、うめぇなぁ。これ、酸っぱくて甘い料理なんて初めて食べた」

ああそうか。砂糖も貴重だから甘いを料理に取り入れることってあんまりなさそうだもんね。

ローファスさんがそそくさと席を立ち、鍋からどっさりと皿に甘酢餡を盛り付けている。

思わず腰を浮かしてしまった。

お代わりなら、言ってくれれば私がよそうんだけどっ、っていうか、ごめんなさい食事中に席を立たせてしまって……。と、ちょっとだけ手に汗がにじむ。

主人は一度テーブルに着いたら食事が終わるまで席を立たなかった。醤油、マヨネーズ、お代わり、お茶、……主人の必要としている物をタイミングよく出すのが私の、主婦の仕事だと言っていた。預かった子供に食事を食べさせていて、主人の茶碗が空になっているのに気が付かなかったことがあった。

「子供を持つのは当分無理だな。子供の世話で、家事が疎《おろそ》かになるようじゃな……」

凍りつくような声を思い出し、出た手の汗をズボンで拭う。

ダメ。ここでは逆に手を出しすぎてはダメなのだ。

自立した冒険者に必要以上の手助けは……。私は彼らと同じ冒険者だ。皆、同じだけ働いている。

「キリカもおかわりー!」

「待ってくれよ、俺も、俺も、ローファスさん食べすぎだよっ!」

我先にと鍋に向かうみんな。

あ、これ、危ない。

「並んでください。順番です。それから、お代わりが欲しい人は私に言ってください!」

うん。別にこれは世話を焼いてるわけじゃないよ。危険だからね。皆の安全のため。

「じゃぁ、キリカちゃんどうぞ、次はカーツ君ね。ローファスさんはもうおしまいです。さっきたくさん食べましたよね？」

ガーン。いや違う。ガガガ――――ンって擬音が聞こえそうな顔をローファスさんがした。

え、そこまでショックを受けること？

「ブライス君はお代わりいかがですか？」

声をかけるとブライス君が皿を持ってきた。

「ありがとうございます。いただきます。ユーリさんの料理は本当に美味しくて、いくらでも食べられます」

にこっと笑うブライス君。

「ありがとう」

泥の池にダイブして、レンコンを取った甲斐があったー……レンコンといえば、これから先、どうやって掘り出せばいいんだろう。レンコンって、ジャガイモのように長期保存はできないんだよね……。冷蔵庫がないと何日持つかなぁ。食べたい時に収穫するしかないか……干しレンコンも長期保存できないんだよね……。

「うっ、ううっ」

何の声？

顔を上げると、ローファスさんが小さく唸り声を上げながら、ブライス君の皿を凝視している。……もっと食べたいって、顔が言っています。いまだかつて、これほどまでに食べたいものを必死で我慢している顔を見たことがありません……子供たちでさえ、1つだけだよ、って言えば、ちゃんと1つでおしまいにできたのに……。

「ローファスさん、鶏がらスープはいかがですか？　焼きおにぎりにかけて食べても美味しいですよ？」

そう、中華がゆ風になって美味しいのです……っていうより、中華風のお茶漬け？

ローファスさんが、深皿に焼きおにぎりをいくつか入れて、かまどの前に立った。

「ユーリ、お代わりお願いします」

あ。うん。さっき「お代わりが欲しかったら、ちゃんと並んで私に言ってね」と伝えたっけ。

「ぷっ」

「どうしたんですか？　ユーリさん」

「ううん、何でもないの」

ローファスさんもまるで幼稚園児みたいで。大人の男の人が……。こんなに素直に言うことを聞いてくれるなんて……。

なんだか、ギャップが激しすぎて……、かわいいなんて言ったら失礼かな。

ローファスさんくらいの筋肉隆々の体を維持するためには、人の何倍も食べる必要があって、食べることに関しては人一倍必死？

でも、小屋の自動販売機はパンとジャガイモしか出てこない。食べることに人一倍必死な人のチョイスした食材には思えないけどなぁ。

……冷蔵庫がないから、長期保存ができる食べ物となると選択肢が少ないのかな？

でも、干し肉とか、そういう携帯食は存在してるんだよね？

あー、もう冷蔵庫欲しい！　冷蔵庫！　昔の冷蔵庫は氷を使っていたんだよね。その氷は氷屋さんで買ってたわけだよね。

ブライス君に見せてもらった氷魔法を思い出す。

うん。決めた！　私の夢っていうか、食堂がどうとかじゃなくって当面の目標！

とにかくレベル10まで上げて、氷魔法を使えるようにする！　そして、冷蔵庫を作るんだ！

あ！　氷が作れるようになったら、塩を氷にかけたらアイスクリームも作れるんじゃない？

えへへ。アイスクリームを食べた時のカーツ君とキリカちゃんの反応を想像して顔がほころぶ。食べさせてあげたいなぁ。頑張ろう。へへ。

レベル10になる頃には、少しお金が貯まっているかな。そうしたら、ちょっと高価でも砂糖と生クリームと卵を買うんだ。バニラもあるといいなぁ……。

「キリカの作った焼きおにぎり、美味しいな。そのまま食べてもうまいけど、カーツが手伝ったという鶏がらスープをかけて食べると、もっとうまい」

ローファスさんの言葉に、キリカちゃんとカーツ君が嬉しそうに笑う。

「ローファスさんが獲ってきてくれた、新鮮な山鳥の肉があったから作れたんです」

私も鶏がらスープを飲む。うん。山鳥がなければ、この味は絶対に出せなかったよ。

「そ、そうか？　うん。そうだな！　よし、食事を終えたら、また獲ってくるぞ！」

「え？」

いや、ちょっと待って。戻ってきた時、確か、猪持ってきたよね？

肉ばっかりがたくさんあったって、冷蔵庫がないし、冷凍もできないんだから、どうするのよっ！

「いえ、あの、明日からは私たち3人になりますし、また今度、来られた時にでも……」

月に1度は来ると言っていたから、それで十分だよね？

「そうか？　遠慮することはないぞ？」

いいえ、遠慮します。遠慮させてください。私たち3人だけになったら捌くのも大変です。

パクンと、鶏肉を口に入れた。臭みもない。しっかり血抜きをしてくれたんだろうなぁ。

「ブライス君が上手に捌いてくれたから、美味しい」

ブライス君にお礼が言いたくて顔を見ると、頬が少し赤くなっていた。え？　いや、別に変なこと言ってないよね？　……もしかしてブライス君、褒められることに慣れてない？

それとも、実年齢28歳と言っていたし、年下だと思っている私に〝上から目線〟的な言葉を言われて、おかんむり？

ごめん。私、ブライス君から28歳と言われても全然ピンと来なくて、キリカちゃんやカーツ君と同じ扱いになっちゃうんだ。しかも、私の方が本当は年上なので、余計に……。

「僕、１日も早く立派な冒険者になって、すぐに迎えに来ます！」

ブライス君は、続いて「ご馳走さま」と言って立ち上がり、空になったお皿を手早く洗って片付けた。

……迎え？

「ローファスさん、さぁ、特訓しましょう！　僕のＭＰは全回復していますから！」

何？　特訓？

「お、なんだよ、いきなりやる気になったな。いいぞ。ははは。俺のＨＰも、ユーリの料理のおかげで全回復だ。俊敏性の補正値も上がっている！　朝の俺よりも手強いと思え！」

ローファスさんは、残りのご飯を掻き込んで立ち上がる。

「ローファスさんダメよ、片付けのお手伝いしてからなの！　働かざる者食うべからずなのよ！」

テーブルに食器を残したままのローファスさんを、キリカちゃんが引き止めた。

「あ、うん、そうだったな。ブライス、ちょっと待っててくれ」

ローファスさんが、大きな体でいそいそと、小さなお皿を洗って片付けている。なんだろうなぁ、その後ろ姿が、お芋を洗っているアライグマみたいで、妙に愛嬌があった。

「ステータスオープン」

ローファスさんがお皿を洗っている間に、ブライス君がステータスの確認をしている。

「醤油ポーションで防御力の補正値アップ、料理酒ポーションでＨＰの補正値アップ、みりんポーションで攻撃力補正値アップ。それぞれプラス10でしたね。酢ポーションは、俊敏性の補正値アップ。これもプラス10になってます。ということは、ローファスさんは俊敏性の補正値が倍になっているということですね」

ローファスさんがニヤリと笑った。

「そうだ。倍だ。この靴の能力が倍になったということだ」

へー。靴で俊敏性が上がるんだ。あれかな、陸上選手が靴で記録が変わるようなものなのかな？　タイムを1秒縮めるのも大変なのに、2秒縮められるようになったらすごいよね。

ん？　そういうことじゃないのかな？　2人が小屋を出ていくと、すぐに、ドカーン、ドゴーンと、朝よりも激しい音が聞こえてきた。

「ねぇ、特訓すると、レベルが上がるの？」

私にも特訓は必要かな？

「そっか、ユーリ姉ちゃんはなんにも知らなかったんだよな。レベルは、日常生活でも少しずつ経験値が貯まって上がることもある。成人する時に3とか4とかかな。レベルが上がると次のレベルになるために必要な経験値が増えるから、そこから先はなかなか上がらない。普通に生活するだけだと、死ぬまでに5か6になっているかどうかだ」

え？　死ぬまでに5とか6？

「魔法が使えるのがレベル10だよね？　ってことは、普通は魔法は使えないの？」

「あのね、経験値はね、ダンジョンのモンスターをやっつけても増えるんだよ。強いモンスターを倒すといっぱい経験値がもらえるの。だから、うんと、冒険者はダンジョンでモンスターを倒してレベルを上げるんだよ」

そ、そうなのか！　私、ほとんどダンジョンに入ってないよっ！　このままじゃいつまで経ってもレベル10なんて夢じゃんっ！

「ねぇ、じゃぁ、特訓するとどうなるの？」

カーツ君とキリカちゃんが声を揃えて答えた。

「「強くなる」」

強くなる?

「えーっと、レベルは? 上がるのかな? 経験値とかは?」

「うーん、全く経験値が入らないわけじゃないと思うけど、モンスターを倒すことに比べたら少ないと思うよ」

「じゃぁ、なんでローファスさんとブライス君は特訓してるの?」

またも、キリカちゃんとカーツ君が声を揃えて答えた。

「「強くなるため!」」

「強くなるってどうするの?」

「うんと、強くなると、強いモンスターが倒せるようになるから、強いモンスターを倒すと経験値がいっぱい入ってレベルが上がって、もっと強くなる」

あ、やっと分かった。そうか。強くなるとモンスターを倒しやすくなるんだ。レベルだけで強さが決まるわけじゃなくて、同じレベル5でも、強い人と普通の人と弱い人がいるって話ね。

そりゃそうか。魔法が得意なブライス君と、いかにも肉体派っぽいローファスさんが例え同じレベルでも、同じ能力ってことはないよね。

そうか。特訓すると強くなる。……よし。私も特訓して、強くなって、いっぱいモンスターを倒して、レベルを上げよう!

小屋を出て、２人の特訓に混ぜてもらおうとしたんだけど……。

「うん、無理」

岩が、普通に砕けてます。

魔法、すごいです。いや、ローファスさんの剣技もすごいです。

っていうか……私、本当に冒険者としてやっていけるんだろうか……。レベル10になれるかな……。ああ、冷蔵庫の夢が……。

とぼとぼと小屋に戻ると、キリカちゃんとカーツ君が剣を手に立っていた。

うおうっ、２人とも、特訓？

「これから、ローファスさんが捕まえてきた猪の処理をしようって、キリカと話したんだ」

「あ、そうね。うん。明日からブライス君たちはいなくなるから……」

よく見ると、カーツ君とキリカちゃんの手に握られていたのはナイフでした。ナイフ……。

ああ、包丁じゃなくてナイフを使うんだ。そっか。狩りにも、肉を捌くのにも使えるわけだもんね。冒険者は包丁を持ち歩くようなことはないか。私も……うん、私も頑張らなくちゃ。

メモ帳を持って、キリカちゃんたちのあとに続いた。

「えーっと、血抜きは終わってるよね。吊るしたまま皮を剝ぎ取るか……」

ある程度の身長がないと吊るした猪に届かないから、キリカちゃんとか無理だよね？　前はブライス君主導で、メモを取るのにも必死で直視できなかったんだけど……。

子供のキリカちゃんとカーツ君に任せるわけにはいかないと、頑張って両目を開いてみると、いきなり難題にぶち当たった……だって、これ、一番身長の高い私が皮を剥ぐ作業をしないといけない案件なのでは……。

無理だ。ごめん。私には、まだ無理……。

主人の声が頭にこだまする。

「ほらな。何が、私だって働ける、だ！」

……うっ。情けない。私がこの子たちにできることは料理を作るくらいって、本当に情けない。料理は……ジャガイモもニンジンもリンゴも、皮を剝《む》けるよ。イカを捌くのだって上手だよ。鶏の皮を剥ぐことだってできる。

でも、猪の皮は……。猪？

「ねー、ちょっとびっくりしたんだけどさ、トマトの皮を剥ぐ時の方法と、動物の皮を剥ぐ時の方法って一緒なんだよ？　トマトって湯剥きするでしょ？　動物の皮を剥ぐ時もお湯を使うんだってさ。肉が茹らない63度ぐらいが適温なんだって」

友達と大学時代に交わした会話を思い出す。

「63度だと茹らないの？」

「さぁ、知らないけど。鶏の羽根を抜く時は、70度のお湯に浸けてからとか言ってたし、まぁ、温度はそのへんが適当なんじゃないの？」

「……っていうか、なんでそんなこと知ってるの？」

「今彼がさぁ、マタギの世界に憧れて、ジビエ料理体験とかに行ったらしいんだわ」

友達に見せられた写真には、台の上にでーんと置かれた獣と、笑顔でピースしている友達の彼氏が写っていた……。


湯剥き……。お湯をかけながら皮を剥ぐ……。

台の上でなら、カーツ君やキリカちゃんにも手が届くだろう。

「ブライス君、ローファスさん、手伝って！」

走っていって、特訓中の2人に声をかけた。けれど、お互いに意識を集中しているためか、気付かない。

「ブライス君っ、ローファスさんっ！」

声が枯れるくらい声を張り上げたけれど、やはり届かない。あんまり近付くと、ドーンとやられちゃいそうで、怖くて近付けないんだよね。

キリカちゃんがすたすたと、2人が特訓している方に向かって歩き出した。

「危ない、ダメだよっ！」

「ローファスさん、ブライスお兄ちゃん、手伝わないと、ご飯抜きよ！」

キリカちゃんの言葉で、ローファスさんがぴたりと動きを止めた。

「て、手伝う！　手伝うよ！　何をすればいい？」

シュンっと、まるで風のように素早い動きでローファスさんがやってきた。

「あ、ごめん。そうだったね。あとで捌く約束だったたね」

ブライス君が、吊るされた猪に目をやり、頭を下げた。

「あの、友達に教えてもらったことを試してみたいんだけど……」

「なんだ？　何をすればいい？」

「僕にできることならなんでも協力しますよ」

2人が競い合うように言ってくれるのはありがたいけど……なんだか、圧がすごい。2人とも、「ご飯抜き」って言葉がそんなに響いたのか……。

「じゃぁ、ローファスさんは、血抜きした猪を台の上に置いてください」

「皮がまだだが、そのままでいいのか？」

頷いてみせる。

「それから、お湯がたくさん欲しいんですけど」

ブライス君が魔法で出すと提案してくれたけれど、首を横に振った。

「僕が出すよ」

「これから先、私とキリカちゃんとカーツ君だけでもできる方法でやりたいんです。どうしたらいいかな？　かまどでお湯を沸かして運ぶしかないかな？」

お湯を運ぶのは大変そうだ。鍋じゃなくてバケツ……あ、あった。

猪を載せた台の横に、大きな木製のバケツがあった。

「なんだ？　お湯か？　これ使え」

ローファスさんがポケットから何かを取り出して、ぽいっと投げて寄越した。

急に投げないでください！　運動神経弱い子なので！

キャッチ！　したつもりでしたが、コトンと地面に落ちました。うえーん。だって、2つも同時に投げるんだもん。

地面に落ちた色の付いた石を拾い上げる。

「火の魔法石？」

赤いのは見覚えのある火の魔法石のようだ。もう1つの青いのは？

「こうして使うんですよ」

ローファス君が私の手から青い石を手に取った。

「バケツを水で満たせ」

と、石に話しかけてからバケツに入れた。

するると、みるみる青い石から水が溢れ出て、あっという間にバケツが水でいっぱいになった。

「あれは水の魔法石。そのあとに火の魔法石を入れたらいいよ。水を沸かせと言ってね」

うわー、すごい！　なんか、すっごい便利！

「えーっと、バケツの水を63度に温めて」

ぽいっと火の魔法石をバケツに入れる。

「え？　63度？　なんだそれ？」

いつの間にか来ていたカーツ君が首を傾げた。

ん？　もしかして温度の概念がない？

「えーっと、沸騰してなくて、触ると熱いけど飲むとぬるいようなお湯？」

「なるほど。ユーリさんの故郷では一言、63度という便利な単語があるんですね」

ブライス君が頷いた。

「さぁ、お湯ができましたよ。このあとどうするんですか？」

あ、そうだった！

「お湯をかけながら皮を剥ぐんです」

全体像は見ない。視線を集約して、目に映るのは、手元とお湯、そしてひしゃく。なんか茶色の毛が生えてるやつにお湯をかける。お腹あたりかな。……うっ。ダメ、考えない。

「お湯をかけたところをか？」

ローファスさんがナイフを茶色の毛に当てた。

「ユーリお姉ちゃん、大丈夫？　お湯はキリカがやるね！」

キリカちゃんが、私の手のひしゃくを持って、代わりにお湯を汲んでかけ始めた。

「お？　おい、ブライス、ちょっとお前もやってみろ、ほら、カーツも」

ローファスさんに応じ、ブライス君とカーツ君が移動するのが視線の端に見えた。

「え？」

ブライス君の声が聞こえる。

「……だろ？　ずっと皮を剥ぎやすい」

ローファスさんの言葉が聞こえて、ようやくホッと息を吐いた。

よかった……、聞きかじりの知識だったけど、間違っていなかったんだ。

「うわー、本当だ。これなら俺でも1人でできそうだ」

カーツ君の声が聞こえる。

「キリカも手伝ってるもんっ！　はい、次のお湯をかけますよー」

キリカちゃんの声も聞こえる。

……私1人が働いてない。ごめん。もう、目の前が真っ暗になってきた。気持ちが悪い。また吐きそうだ。

慣れないと……。いつまでも子供たちに頼りっきりで、年長者の私が動物を捌けないままじゃいけない。でも……ああ、吐く。

そうだ、吐き気止めにシナモンがいいって聞いたことがある。畑にシナモンっぽいもの、なかったよな。あれ？　シナモンって、畑じゃないか。確か、木の皮だ。なんの木だろう？　匂いを嗅げば分かるかな？

シナモンがあったら、シナモンバタートーストがまず食べたい。次にアップルパイ！　ああ、どれも砂糖がいる。バターはあるのかな？　何かしらの動物の乳があればありそうだ。リンゴはどうだろう？　砂糖は贅沢品。その贅沢な砂糖を年に何回かは食べられるくらい頑張って働こう。誕生日のケーキとか特別な時に砂糖なしは、日本育ちの私にはきつい。私……贅沢すぎるんだろうな、きっと。

上がってきた酸っぱいものを飲み込む。

せめてメモを……皮を剥いでからの手順を、声を頼りにメモを確認し、足りない部分に書き足していく。

「ユーリ！　すごいな！」

突然、視界がぶおっと移動する。

ちょ、えええっ。気が付けば、ローファスさんに〝高い高い〟されてた。

「おっ、下ろしてくださいっ！」

この年で、高い高いされるとか、あり得ない、あり得ない！

っていうか、ローファスさんどんな力持ちですかっ！　いくら私が日本人の中でも小柄で体重も軽いからって……。

顔が真っ赤になる。恥ずかしすぎるっ。

「あー、すまん。いや、うん……」

つられたのかローファスさんの顔も赤くなる。

「いいなぁー」

地面に足が付くと、キリカちゃんの声が聞こえた。

「おお、キリカ、それ！」

キリカちゃんはあっと言う間に宙に浮いた。高い高いと上に持ち上げるだけじゃなくて、ローファスさんはキリカちゃんを上空に放り投げた。

「きゃははははっ」

キリカちゃんは楽しそうだ。

「カーツもどうだ？」

ローファスさんの言葉にカーツ君がぷいっと横を向いた。

「そんな子供じゃないよ」

「あはは、そうか、そうか！」

そう言いながら、ローファスさんはカーツ君も持ち上げて放り投げた。

げげっ、右手でキリカちゃん、左手でカーツ君をぽーんぽーんとアクロバティックに高い高いしてます。いや、もう、高い高いじゃないよ……。人間ジャグリング……。

それにしてもキリカちゃんは放り上げられて上手にくるりくるりと回転している。まるで猫みたいだ。

「遊んでないで、さっさと処理したいんですけどね」

ブライス君が人間ジャグリング中のローファスさんに冷たい言葉を浴びせた。

「あーすまん。いや、ユーリ、これすごいぞ。ギルドに報告して広めてもいいか？」

「はい、どうぞ」

高い高いの衝撃で吐き気が収まった。はー。今回は吐かずに済んだ。

うん、大丈夫。少しずつ慣れるしかない。焦ってもダメだ。できない、無理、絶対ダメだとか思わない。自分で限界決めちゃダメだ。できる。少しずつできるようになる。

「おい、あっさり許可してくれるのはいいが、レシピと違って使用料は取れないぞ？」

「はい。別に構いませんけど？　っていうか、むしろギルドに報告すると使用料がかかるなら、報告せずに直接みんなに教えてあげた方がいいんじゃないですか？」

「え？」

ローファスさんが驚きの声を上げる。

「だって、皆の役に立つんでしょう？」

「あー、いや、うーん。ユーリはいい子だな」

頭を撫でられました。全く、ローファスさんにとって私は完全に子供ですね。実は同じ年だと知ったらどんな顔をするだろう。

ふふふ。いつか驚く顔が見てみたいかも。

「じゃぁ、こんなのはどうです？　ローファスさん革袋持ってますよね？」

「ん？　あるぞ。今は水入ってなくて空だが」

ローファスさんが腰にぶら下げた革袋をブライス君に渡した。巾着《きんちゃく》っぽいものかと思っていたら、飲み口が付いていて水筒に使う袋のようだ。

ブライス君が水の魔法石と火の魔法石を革袋の中に入れた。

そして、ペンのようなものを取り出し、革袋の表面に何かを書き出した。

「【起動の声で以下の事柄を実行し、解除の発声で停止。水の魔法石は革袋を水で常に満たし続ける。火の魔法石は水を63度に保つ】」

書いた場所がうっすらと光って見える。光るインク？　ううん違う。すぐに光は消えて、元の革袋に戻った。

「はい、ローファスさん返します」

ローファスさんが呆気に取られて、ブライス君から差し出された革袋を受け取るのも忘れている。

「お前、魔法が使えるようになって何日だ？　まさか、付与魔法まで使えるようになったのか？」

付与魔法？

「どうでしょう？　上手くいってればいいんですけどね」

ローファスさんは、革袋を受け取って「【起動】」と言った。そのとたん、ぺしゃんこだった革袋がぱんぱんに膨らんだ。水が満たされたのだろう。

「あったけぇな」

ローファスさんが、地面にお湯を出しながらそっと触る。

「あー、これ、さっきと同じ温度だ。火傷するほど熱くはないけれど、ぬるくもない」

ブライス君が、ニッと笑った。

「この温度、63度というキーフレーズに関して、使用料を取ればいいんじゃないかな？」

「なるほどな。持ち運びできて、捕まえた獣の加工が旅先で楽に行える魔道具なら、多少高くても、ある程度の稼ぎがある冒険者なら買うだろうな」

「毎日、獣の処理を大量に行う食肉業者にも売れると思いますよ」

ブライス君の言葉に、ローファスさんが大きく頷いた。

「じゃぁ、ユーリ、そういうことでいいか？」

どういうこと？　よく分からないけど、損する人がいないならいいよね？

「はい」

「じゃぁ、えーっと無属性の魔法石を持ってますか？　できれば魔力を充電する方式の」

充電式？　電池みたいなの？　無属性の魔法石って何？

もうさっぱり分からない。

ローファスさんがベルトについてたダイヤのような石を一つ外した。

「今はこれしかない」

「外しても大丈夫なんですか？　そのベルト、何かしらの効果が付与してあるんじゃないんですか？」

「あー、俊敏性が20上がる程度の効果だ。そんなもん、ユーリの作った料理に比べたら屁みたいな効果だ」

「俊敏性が20上がるって、金貨何十枚もするんですよね……」

　金貨20枚！　きっと高い！

「それに、忘れてませんか？　ユーリさんの作った料理の効果は時間が経つと切れるってこと」

「あ、そうだった。食べてから2時間くらい経つな。ステータスオープン、あ、切れてる。まだ腹減ってないんだけどな……思ったより切れるの早そうだな」

　ローファスさんが頭を抱えた。

「おい、ブライス、やっぱりそれ返してくれ」

　ローファスさんが出した手をぱしんとブライス君が弾いた。

　そして、左手に小指の爪ほどの小さな無属性の魔法石を載せ、右手でペンみたいなものを手にする。

「【コピーで発動。呪文を、魔力を練り込みながら押し当てられた物質にコピーして貼り付ける。コピー回数を記録。呪文：起動の声で以下の事柄を実行し、解除の声で停止。水の魔法石は革袋の中を水で常に満たし続ける。火の魔法石は水を63度に保つ】」

ブライス君が再びローファスさんに手を差し出した。

「実験したいので、革袋をください」

「お前、そうほいほいお前の欲しがるものを俺が持ってるわけないだろう」

ローファスさんが軽くブライス君を睨む。

「キリカの貸してあげる。はいどうぞ、ブライスお兄ちゃん」

いつの間に小屋に取りにいっていたんだろうか？　キリカちゃんが絶妙なタイミングでブライス君にローファスさんが持っていたものより一回り小さな革袋を差し出した。

「【コピー】。成功しているか確かめてくれるか？」

ブライス君がすぐにキリカちゃんに革袋を返す。

「えーっと、【起動】だったっけ？　あ、すごい、もうなんかあったかいお水でいっぱいになった！」

「よかった。どうやら成功みたいですね。はい、これどうぞ。ギルドへの報告と63度専売使用料の交渉もよろしくお願いします」

手のひらに無属性の魔法石を戻されたローファスさんはまだ納得できない表情をしていた。

「冗談だろう、魔道具を作り出す魔道具なんて聞いたことがないぞ。いや、伝説に出てくるエルフ王とかそんなレベルの話だ。昨日今日魔法が使えるようになった人間が使えるわけがない」

あー。ブライス君、エルフの血が入ってるって言ってたし……エルフって魔法が得意な種族なんだっけ？

だったら、不思議じゃないのかなぁ。

「いやまぁ、さすがに今ので魔力すっからかんですよ」

「って、特訓で魔法ぶっ放したあとで、あんな複雑な付与魔法使って、どんだけ魔力持ってるんだって話なんだが……」

うーんと、ローファスさんがこめかみを押さえた。

「あ、すっからかんなら魔力回復の様子が分かっていいな。ユーリ、ＭＰポーションを使った料理は」

あ。

「まだです。えっと……朝食用にと思ってたので……」

レンコン料理に気持ちが行っていたとは言えない。ごめんなさい。忘れてました。

朝食に作ろうと思っていたものは、焼きおにぎりの予定になったからお昼のお弁当用に回すつもりで。朝は焼きおにぎり以外に何作ろう。考えてなかった……。

コーラ料理、コーラ料理……。

しゅんとなってうな垂れる。

「あ、いや、怒ってるわけじゃないぞ？　朝食のつもりっていうと、早起きして作るつもりだったのか？　それとも今から作るつもりだったのか？　無理しなくていいんだぞ？」

ローファスさんが慌てた口調で話す。

「全然無理じゃないです！　えっと、その、せっかくなので、そのお肉使えたらいいかなと思って？」

と、とりあえず言ってみた。焼きおにぎりで急遽メニュー変更しなくちゃいけなくなったとか言ったら、ローファスさん謝りそうだもん。

料理は全然負担じゃないよ。皆が美味しいって食べてくれるのすごく嬉しいんだから、全然謝って欲しくない。

「そうか！　肉待ちだったのか！　それはすまん！　おい、みんな急いで肉の処理するぞ！」

結局ローファスさんは謝った。

「特訓の前に処理しておけばよかったなぁ、明日は朝から肉か」

嬉しそうです。ほっ。よかった。

「俺、猪の肉で前に作ってくれた、柔らかいやつ食べたい！」

カーツ君が私の顔を見た。

「角煮?」

「キリカも、あれおいしかった」

そっか。でも、まだ料理の種類いっぱいあるんだけどな。

「角煮? 柔らかいやつって、あれかぁ。うん、いいな、たくさん作ってくれ。お弁当にも欲しい」

角煮を弁当に?

ええ、だって、朝が焼きおにぎりだから、元々作ろうと思ってたMPポーションを使ったやつをお昼のお弁当用にするつもりだったんだけど……。角煮とは合わないよ……?

「汁が出るものは、あまりお弁当に向いてないですよ?」

一応抵抗してみる。

まぁ実際、密閉お弁当箱とかじゃないと、汁漏れるよね。

そもそも、密閉お弁当箱どころか、お弁当箱すらないのに、どうやって運ぶつもりだろうか。

「うお、そうか! おにぎりみたいに携帯に向かないのか!」

ローファスさんがまたもや、ガーンって顔してます。

うん、なんだろう、表情が豊かですね。そして、分かりました。この人「食いしん坊」です。

「食いしん坊筋肉」です。食事制限プロテイン筋肉じゃありません。

「じゃぁ、干して水分飛ばしますか」

ブライス君の提案にカーツ君が大きな声で反対と叫んだ。

「干したら干し肉みたいに硬くなるんだろ？　やだよっ！　せっかく柔らかくて美味しいのに」

「はは。カーツ、大丈夫だよ。カーツは小屋に残るんだから、柔らかいの食べられるよ。僕とローファスさんが持ち歩けるようにって提案だから」

ブライス君の言葉に、カーツ君がほっとした顔を見せた。

一方、ローファスさんは肩を落とした。

「干し肉かじるの飽きた……」

あーあ。せっかくのブライス君の提案をばっさり否定しちゃいました。

ローファスさんって、食事のことになるとなんか途端に残念な人になるんですね。

「今回は保存ではなくて携帯が目的ですから、完全な干し肉じゃなくて、一夜干しでいいんじゃないですか」

う？　一夜干しの干し肉？　一夜干しっていうと干物を思い出すけど……。一夜干しの干し肉？　どんな感じなんだろう？

「ブライス君、一夜干しの干し肉って？」

「食べたことありませんか？　そうですね、昨日処理した猪が一夜干しに近い状態になっていると思いますよ。少し持ってきますね」

持ってこられた肉は、アレだ。肉をお皿の上に放置してちょっとカピカピになった感じと言えばいいのか。柔らかいビーフジャーキーと言っていいのか……。うん、柔らかいビーフジャーキーのが近いかな。

これ、パンに挟んだらハンバーグじゃないけど、ハンバーガーみたいなのできるよね？　ローストビーフサンドみたいな雰囲気のものができるかな？

味見してみよう。目の前の一夜干し干し肉にぱくりとかじりつく。

「あ！」

ん？　ブライス君が小さな声を上げた。

食べちゃダメだった？

「うっ、」

お行儀悪く口から吐き出しそうだ……。ダメ。それ。飲み込まなくちゃ。ごっくんと。

「大丈夫ですかユーリさん……僕の説明不足ですね。味が付いていればよかったんですが……。保存だけを目的としていて、そのまま食べるには……」

はい。肉臭いです。猪は豚に近いし臭みも少ないと思っていたけど、やっぱり酒で臭みを消したり、醤油や生姜などで味を付けないと癖があります。食べにくい。

でも、食感は分かった。うん。薄く切ってパンに挟むと美味しそうですよ。角煮の味付けでも大丈夫そうです。

「では、角煮を今から作ります。えっと、朝食べる分と、お弁当として一夜干しにする分、どれくらい作りましょう？」

「全部っ！」

ローファスさんがどーんと胸を叩いてどや顔しました。

は？

「えー、いくらローファスさんでも食べられないよぉ」

と、キリカちゃんが正論で言う。

「ブライスが言っただろう？　干し肉にするって。食べられなかった分は干し肉にすればいつでもあの味が……」

何？　本気で小型とはいえ、猪を丸ごと全部って言ってます？

「待ってください、僕は一夜干しと言っただけですよ？　ポーションを用いた肉を干し肉にして保存ができるかというのは、まだ何も分かっていません」

うんうん。ブライス君の言う通り。日本にいる時も、角煮の干し肉なんて聞いたことないよ。

「せっかくのユーリさんの料理なのに、失敗したら全て無駄になるんですよ？」

ローファスさんが黙った。

「あの、じゃぁ、こうしませんか？　一番大きな鍋に入るだけ作ります。朝食べる分以外は干しましょう。一夜干しにすればお昼と夜と次の朝くらいは問題なく食べられると思いますから、好きなだけ持っていってください。少しだけ残して、干し肉にしたらどうなるかも実験しましょう」

「あ、ああ、一番大きな鍋、うん、そうか。一度に煮るのは無理か。そうだな、分かった」

やっとローファスさんが納得したようだ。

というわけで、肉の形になってからは私の出番です。炊き出しにでも使われるくらい大きな鍋で料理するなんて初めてのことなので、調味料の分量にちょっと不安がありますが……。いつも作る量の10倍……いや、20倍はあるかな……。調味料、ポーションはたくさんあるから大丈夫だと思うけど。あ、でも……。

「当たりポーションが足りないかな？」

ハズレポーションは皆の所有物だからいいけれど、当たりポーションだけは材料を出し合うっていうことになっていた。みんなに少しずつ出してもらわないと足りないよね。

あれ？　待てよ？　どんなにたくさん食べたって、キリカちゃんの食べる量とローファスさんの食べる量って違うよね？

それなのに同じ本数のポーションを出せって、なんかすごい不公平じゃありませんこと？

まぁ肉の提供者と言われればそうなんだけど、でもみんな畑で収穫したり料理を手伝ってくれたりいろいろしてくれてるから、チャラだ。うん。

「ローファスさん、料理に使うポーションが足りません。他の皆も平等に出し合っているんですけど……」

同じ数を出し合っているとは言わない。平等に出し合っている、これで嘘じゃないよね。

何倍もらえばいいかな、と頭の中で計算を始めたところ、ローファスさんが小屋の外に出ていき、隣の倉庫から何やら持ってきた。

倉庫には、上級ダンジョンや中級ダンジョンから回収してきた荷物が置かれている。当然盗難防止の仕掛け付きだ。

「ほい」

どさっと大きな箱がテーブルの上に置かれた。中身は、１００本近くありそうなＭＰポーションだった。

「え？　あの……」

私が言っているのはＭＰポーションじゃなくて、ポーションなんだけど。

箱の中身とローファスさんの顔を交互に見る。

「わりぃ。初級ポーションはここで回収する分で何とかしてくれ。初級ポーションの持ち合わせはねぇんだ」

「え？　初級ポーションって、まさか、ここのダンジョンからしか出ないんですか？」

それなのに、この人数でこれだけの量しか確保できなくて大丈夫なんだろうか？

「いや、中級、上級ダンジョンでも出るが、金にならないから誰も回収しないんだ。持てる量にも限界があるからな。あと、ここ以外にもポーション畑はいくつかあるがどれも遠くだな」

そっか。

確かに、もっとお金になるのを持ち帰った方がいいよね。

「さらに、俺は初級ポーションじゃぁ、ほとんど意味ねぇからなぁ。自分用に持ち歩いてるのは上級以上のものばかりだ。お前ら子供には飲ませられないものしかない」

ローファスさんのHPを思い出す。うん。私なら初級でも十分役立つんですけどね……。まだ15しかないので。飲むと10分もすれば元気になれます。……頑張ってレベル上げなくちゃ。

「ま、これだけあれば次に来る時までにMPポーション料理もいろいろ実験できるだろ？」

あ、そうか。そうでした。そういう役割もありました。もう、考えないことにします。

「あ、もしかして角煮には使えないか！　MPポーションがない時に作ってたもんな……そうか。朝にはMPポーション料理を試せるかと思ったが……」

ローファスさんが、両手で頭を抱えた。

「す、すまん、それでも俺は、角煮が食べたいんだ――――っ！」

誰に向かっての謝罪なのか。誰に向かっての主張なのか……。両手で頭を押さえつけ、天に向かって主張しております。

神に対する懺悔《ざんげ》かしら？　って、この世界の宗教観は知りませんが。罪深き我を許したまえーみたいな風に見えて仕方ありません。角煮が食べたいのが懺悔しなければならないほどの罪かどうかと言われるとねぇ。

でも、なんか早くＭＰポーション料理の効果を知らなくちゃという気持ちは伝わってきました。夕食に使わなくてごめんなさい。えーっと、コーラだからね。ＭＰポーションコーラ味だからね。私の記憶が間違っていなければ……。

「大丈夫ですよ？」

コーラで角煮レシピって、かなりメジャーだったはずだ。ジンジャーエールの代わりにコーラにしても問題な……。

いや、日本のコーラよりもスパイシーだから、ちょっと問題出てくる？

生姜の臭み消しとしてジンジャーエール入れたいしなぁ。

あ、大量に作るし、失敗するとショックが大きいので、コーラは少しだけにしよう。

「ポーションも、ＭＰポーションも両方使いますから。両方とも効果があるといいですね」

にこっと笑う。ローファスさんが固まった。ブライス君も固まった。

え？

「ポーションとＭＰポーションの両方で上級並みに効果があったら、それって……」

「ああ、初級エリクサーだな」

ローファスさんとブライス君が小さな声でひそひそと何か言ってる。

「僕の考えが甘かったかもしれません。ユーリさんの料理は思った以上に、すごいことなのかも」

「そ、そうだな……秘密を漏らさない契約を先にしていて正解だった。こりゃ、ちゃんと研究してから公開しないと、確かに大変な騒ぎになる」

「ええ。特に、キリカとユーリさんの作ったものに効果の差があったこととか……まだ分からないことだらけですからね……」

分からないことだらけ。その通りですね。

頷いて私も賛同する。

「そうですね。混ぜても大丈夫かとかも分かりませんし、干し肉にしたらどうなるかも分かりませんし……。干して美味しくなるといいんですけどねー」

切り干し大根、干しシイタケ、うん。どれも旨み成分が増えるんだよねぇ。より美味しくなる。干し肉はどうなのでしょうね。

さっき試食した一夜干しの干し肉の味を思い出す。臭みをうまく消せれば、肉の旨みは増えて食べやすくなるんだろうか？　研究の必要がありそうです。

冷蔵庫のないこの世界で生き抜くには、保存食が美味しいことは必須項目なのですっ！

肉を買いにいくんじゃなくて、狩りにいく世界じゃ、いつ入手できるのか分からないし……。

ローファスさんとブライス君が、いや、そういう問題じゃなくてとかなんとかもごもご言っていたけれど、大事だよっ！　大問題なんだよっ！

まぁいいや。とりあえず作るのが先。でっかい鍋にどーんと角煮用に切った肉を放り込む。

あ！　ネギ！　臭み消しのネギがない！

「ネギがありませんっ」

「俺、取ってくるよ！」

カーツ君が走っていった。

「待って、外はもう暗いから危ないよっ！」

そう。肉の処理が終わった頃にすっかり日が落ちたのです。

「ほら、これ持ってけ」

ローファスさんが、ぽいっと石をカーツ君に向かって放り投げた。

全く、ローファスさんは手渡すって知らないのかしら。

カーツ君は上手にキャッチしました。取り落とす私のような人間を想定してないっていうわけですね。

「光れ」

カーツ君の手の石が、ぴかっと光った。

「うわー、すごい！」

「あれは光の魔法石ですよ。ほら、そこにあるのと同じ」

ブライス君が天井を指差した。そういえば、小屋の中は外が暗くなっても明るい。日本では電気が当たり前だったから、さして疑問にも思わなかったけど……。

そうかぁ、火の魔法石のコンロに、光の魔法石の灯り……。魔法世界も便利です。……なのに、なんで冷蔵庫ないかなぁ！

あ！　水の魔法石があるんだから、水で冷やすタイプの冷蔵庫とか作れないのかな？　気化熱とか利用した……クーラーじゃなくて、冷風扇みたいなの。ってことは風か。水と風……。

うっ、ダメだ。私の頭じゃ分からないや。

コンロの1つにどーんとでっかい鍋。あ、かまどだけどね。もう1つにも鍋を置く。

どうせ煮込むなら、ついでに作ればいいって気が付いた。大事なのは鍋の前に付いて、アクを取ることと、焦げないように掻き混ぜてタイミングを見て火から下ろすことだもん。2つ一緒に作れる。問題ない。

てなわけで、片方に角煮。

もう1つの鍋は、たっぷり増えたMPポーションをふんだんに使ってあれを作ろうと思います。コーラには砂糖がいっぱい入っているはずだから、砂糖替わりになるはずっ！

そしてコーラに入っているのは、シナモン、バニラ、クローブ、カルダモン、レモン。

うん。バニラ以外は材料一緒だから大丈夫だよね。バニラがどう作用するかは知らないけれど……うまくできると信じよう。

材料を入れて、角煮の鍋に調味料を目分量で……入れては味見、入れては味見。

あ、メモ……いや、こんな大量に作るレシピの分量いるかな？　……食堂で作ったりする？

じゃぁ一応メモるか。

さぁ。あとは焦げないように。

くつくつ。アク取り。くつくつ。火加減調整。くつくつ。

うはー、甘い匂い。こっちだ。コーラ大量のため、匂いが甘い。角煮、コーラ少なめにしておいてよかった。さすがにバニラ風味の強い角煮は嫌かも。

くつくつ。とろんとろん。はー、美味しそうです。

そういえば、味見で口に入れるとどうなるんだろう？

「ステータスオープン」

えっと、夕飯で食べたものの、確かローファスさんが効き目はもうないって言ってたから、補正値そのほかは、味見の段階で口に入れたものの効果だって分かるよね。

「あれ？」

補正値が付いてない。

ＨＰは満タンだし、ＭＰも満タンだから回復効果があるか分からないけれど……。醤油も酒も使ったのに、防御力も攻撃力も補正値が付いてないよ？　なんで？

ＭＰポーションが打ち消しちゃった？

そういえば、そのまま飲んでも効果がないって言ってたけど、調理中の味見はそのまま飲んだ時と同じ扱い？　料理として完成してからしか効果がない？　え？　だとしたら完成度の低いものと高いものじゃ効果が違う？

うっかり焦がしたりするとどうなるんだろう……？　分からないことだらけだよねぇ。本当。

まぁ、いいか。さて、完成です。

あとは冷めると味がよく染みます……って、こんな大鍋、冷めるまでにどれだけ時間がかかるの?!

一夜干しにする分は冷めるのを待ってられないわ。

「ブライス君、干し肉にするにはどうすればいいの?」

「ユーリさん、ありがとう。僕がやりますよ」

「いえ、やり方を覚えたいので教えてください」

ブライス君が、簡単ですよと、ざるのようなものに並べる方法と糸で括って吊るす方法を教えてくれた。

とにかく肉を風通しのよいところに置いて乾燥させればいいらしい。

「おお、ちょうどいい。こっちだこっち。干し肉作る場所作ったぞ」

ローファスさんが手招きする。

物干し竿みたいなのと棚が、倉庫の外に設置されていた。素早い。食に関する行動力がすごすぎる。

で、干してる間に獣に食べられないように獣除けも設置してある。

物干し竿を取り囲むように、干し草みたいなのを括った石が置かれていた。獣が嫌う匂いだろうか。

「雨が降ったらどうしたらいいんですか？」

「倉庫に入れればいい」

「雨の日の倉庫の中って、湿度が高くて風通し悪そうですけど、大丈夫でしょうか？」

腐ったり、カビたりしないかな……。

「あー、これがあるから大丈夫だ」

ローファスさんが、倉庫の壁を指でがつっと突いた。

うわ！　……穴が開きました。そこに、緑の石を埋め込む。

赤じゃないから火の魔法石じゃないでしょ。青じゃないから水の魔法石でもないでしょ。黄じゃないから光の魔法石でもないでしょ。緑はなんだろう？

「そよ風」

ローファスさんの合図で、無風だった倉庫の中に風が吹き始めた。

「風の魔法石だよ。停止」

停止の合図で風がやんだ。す、すごい！

風の魔法石があるなら、風と水で冷蔵庫みたいなって、仕組みを知らないから無理。うう。

「小さな魔法石だから、これで半日くらいかな。ここに予備置いておく」

え？　たったの半日しか持たないの？　じゃぁ、冷蔵庫とか無理だよね？　あー、残念。やっぱり魔法が使えるようになって氷を作る……！　これしか冷蔵庫ゲットの道はなさそうです！

【閑話　そのころ日本では】

旦那の1日目。

仕事から帰ると家の明かりは消えたままだった。

テーブルの上に置かれていたのは、あいつの署名欄が埋まっていない離婚届。

「まだ離婚に承諾しないつもりか……」

それにしても、どこへ行ったんだ。もう10時だぞ？　帰ってこないつもりか？

「あーっ、ったく。ふざけんなよ！　ご飯くらい用意して出かけろっての！」

冷蔵庫の扉を開く。野菜や肉や卵。そのまま食べられそうなものはない。

ちっ。どこに何があるんだ？

戸棚や引き出し、どこかにレトルトカレーの1つもありはしないかと探してみる。

「ねぇな。それくらい用意しとけよ。カップラーメンすらないのかよっ！」

諦めて、外で買ってきた弁当をレンジで温める。

居間のソファに座ってテレビを……。ん？

「おい、リモコン」

と思わず口にして、あいつがいないことを思い出す。

ちっ。本当に使えねぇ女だ。きちんと離婚が成立するまで、彼女を家に呼ぶこともできないだろう。さすがに鉢合わせさせるわけにはいかないだろう。

子供たちが混乱するだろうからな。ずいぶん懐《なつ》いていたみたいだから、子供たちに俺の悪口を吹き込まれたりしてはたまったものじゃない。

弁当の唐揚げはぺちゃぺちゃしている。なんだこりゃ。揚げたてじゃないからか。衣がサクッとして肉汁がじゅわっと溢れ出る唐揚げを想像していただけに驚いた。

次にハンバーグを1口かじる。ハンバーグは、俺の知っているハンバーグとは違い、ハンバーグっぽい形をした何かだ。何であるかを説明するのも難しい。ハンバーグっぽい練り製品とでもいうか。

「オムライスは……なんだか、食べる気がしないな。今日はもうやめだ」

箸を放り投げ、服を脱ぎ捨て風呂場へ向かう。

「ちっ、なんだよ、湧いてないじゃないか！」

疲れて帰ってきて風呂にも浸かることができず、シャワーで済まさないといけないなんて。それも全て、判も押さずに家を出ていったあいつのせいだ。くそっ！

旦那の2日目。

「課長、どうしたんですか？　その靴」

部下に言われて靴を見ると、黒い革靴の側面が汚れている。

「珍しいですね、課長の靴が汚れているの。いつも課長は言ってますもんね。営業の靴は綺麗でなければならない。足元を見るって言葉があるだろう。あの言葉は昔の旅籠が旅人の足元を見て、疲れていれば他の宿を探す気力もないだろうから少々高くても泊まるはずだと値段を吹っ掛けていたことが語源だ。だから営業も何社も回って仕事が取れないと思われないように、靴は常に綺麗にしておけと」

そうだ。旅籠でなくても現代人も足元を見る。どれだけ綺麗な服を着ていても靴がボロボロだったり汚れているような人間は、しょせんは表面だけ取り繕った中身のない人間だ。

よく刑事ドラマで靴底に穴が開くまで歩けというが……。営業はいくら穴が開くほど歩き回ったとしても、穴の開いた靴を履いていてはダメだ。

「課長を見習って、私も靴は毎朝頑張って汚れがないかチェックして出てきてるんですよ。まぁ、課長のように本革の靴を手入れする余裕はありませんけれど……」

ハハハと笑う部下の足元を見れば、確かに傷も汚れもない綺麗な靴だ。こいつは出世するだろう。

「ちょっとローテーションを間違えてな」

通勤途中でもらったティッシュを取り出し、靴の汚れを拭う。

「ああ、そうだったんですか。革靴は長持ちさせるために5足をローテーションして履くんですよね」

くそっ。あいつが靴も磨かずに出ていったせいで、恥を掻いた。もう、磨かれた靴がない。

離婚したくないならそれでも構わない。だが、やることをやれ！　じゃなければ、さっさと離婚しろよ！　離婚しないまま別の女性と住むわけにはいかないだろうが！　くそっ！

仕事帰りに、スマホで靴磨きをしてくれるところがないか検索する。

1回1000円？　は？　たかが靴磨きごときに1000円？　毎日靴を磨けば月に3万もかかるじゃないか。3万あれば、新しい靴が買えるだろう？　ばかばかしい。家でやれば月に1000円もあれば足りるだろうに。

靴磨きの店に寄るのは諦めて家路につく。

どうせあいつのことだ。行く先などあるわけもない。肉親はいないし、友達も少ない。お金だって大して持ってないはずだ。キャッシュカードもクレジットカードも持たせてなかったからな。そう何日も家から出て生活できるはずがない。

戻ってきてるさ。

旦那の3日目。

シャツが洗濯してない。

あいつが出ていってからもう3日だ。明日の分さえない。帰ってくるのか？　まだしぶとく帰ってこないつもりなのか？

ちっ。仕方がない。シャツだけじゃないからな。いろいろと洗濯物が溜まっている。たかが洗濯だ。あいつなんかに頼る必要なんてない。部屋のあちこちに散らばっている靴下やタオルを回収して洗濯機に放り込む。

「洗濯なんてスイッチ押しておしまいだろう。最近の主婦は楽でいいな。本当。昔は、洗濯は重労働だったから専業主婦が必要だったんだ。今は、ほら、もう終わったも同然だ」

洗剤を入れてスタートボタンを押す。あとは終わるのを待つだけだろう？　洗濯機が回っている間に、買ってきた弁当を食べる。

「不味い……」

不味いが仕方がない。他に選択肢がないのだから。何とかペットボトルのお茶で不味い飯を流し込む。食後のコーヒーは習慣だったが、それもあいつがいないせいで飲んでいない。

ピーピーっと電子音が、洗濯が終わったことを知らせる。

「もう終わり。洗濯なんて楽なもんだ」

洗濯機を開けると、ドラムにへばりつくように洗濯物が固まっていた。

「ちっ。失敗したな。乾燥機能の付いてない洗濯機だった。干さないとダメか」

手を伸ばしてシャツを取り出す。

「なんだこれ？」

白い細かいものが洗濯にたくさんへばりついている。バサバサと洗濯物を揺らすとぽろぽろと落ちていく。

「……ティッシュか？　くそっ！」

怒りに任せて洗濯物をバサバサと振りながらハンガーに干していく。靴下は何に干せばいいんだ？　折り畳んである洗濯ばさみがたくさん付いてるものを広げる。1つずつ取り出して洗濯ばさみに挟んでいく。

くそっ、めんどくせぇな。

洗濯機の中を覗くと、洗濯物がまだ半分ほど残っている。

およそ30分ほどかかってやっと干し終わった。床には粉砕されたティッシュのゴミが散らばっている。汚ねぇな。まぁいい。あいつが帰ってきたら掃除するだろ。

旦那の4日目。

部屋に干していたカッターシャツはすでに乾いていた。乾いていたが……。

「なんだこのしわくちゃ」

時々取引先に、しわしわでみっともないカッターシャツを着ている人間がいる。出世しないだろうなとそれだけで感じさせるのがこういう身だしなみの不備だ。

くそっ、こんなしわしわなシャツが着ていけるわけがない！　そうだ、アイロンだ。どこにあるんだ？　アイロンとアイロン台は洗濯置き場の棚にあった。

「時間がないというのに。くそっ。今日は、新聞チェックはパスだな」

よくドラマなんかでドジな主婦がアイロンでシャツを焦がすシーンがあるが、あんなことを俺がするはずもない。

スイッチを入れてシャツにアイロンを当てる。線が入る。しっかり伸ばしてアイロンを当てなかったからな。ぴしっと線がプレスされてしまった。袖はどうやってアイロンするんだ？

ボタンが邪魔だ。襟は……。慣れてないからだ。くそっ。シャツを1枚アイロンするのに30分もかかってしまった。30分もかけたのに、全然ぴしっとしていない。何が違うんだ？

……干してあるシャツはあと5枚。アイロンをかけるだけであと何時間かかるんだ？

そうだ。クリーニングに出せばいいんだ。……恥だな。自分でクリーニングを出している姿を見られたら恥だ。既婚者なのにどうしてだと思われたら何と言えばいいのか。妻が家出中だなんて言えるわけがない。

そうだ、確か、宅配クリーニングというサービスがあったんじゃないか？　それなら誰かに見られる心配もない。検索をかけて舌打ちする。カッターシャツを宅配クリーニングに出すだけで１ケ月に１万円もかかる？

何の冗談だ！

5章　異世界生活5日目「パンのMPポーション料理」

次の日になりました。

今日、ブライス君が小屋を出ていくかと思うと、早くに目が覚めてしまった……。

うん？　感傷に浸るより、外から聞こえてくる「ドカン、ドコン」という音が気になります。

米を洗って、水に浸ける。このまま30分。

その間にこそっと外の様子を見にいく。

ぎゅおーんと大きな火の玉がローファスさん目掛けて飛んでいく。

「う、うわぁっ、ドラゴンボーラーみたい！」

詳しい人には違うって言われそうだけど、私の知っている、なんか火の玉みたいなのが飛んでいくのはそれくらいしかない。

なんだったっけ、南の島の、えっと、大王の名前、えーっと、その名は？　亀、亀、えーっと。

「亀なんだったかなぁ……」

「ん？　かめ？　何それ？　美味しいのか？」

へ？

気が付くと、横にカーツ君が来ていた。

「おはよう、カーツくん」

「おはよう、ユーリ姉ちゃん。なぁ、かめってなんだ？」

えーっと、何と言われても……。

「故郷で子供向けのお話があって、ブライス君の使ってるあの魔法の名前がね、南の島の大王の名前なんだけど、それが亀なんとかだったと思うんだけど思い出せなくて……」

「へー、大王の名前が付いてるんだ、かっこいいなぁ！」

うっ。言えない。南の島の大王がかっこいいというよりは陽気な感じの存在で……。ギャグマンガ寄りだった時代の、笑いを生むために付けられた技の名前だったなんて……。

カーツ君の目がね、きらっきらしてるの。

「いいなぁ、ブライス兄ちゃん。大王の名前が付いた魔法まで使えるんだ。すげー」

あああ、ごめんってば。

「で、ユーリ姉ちゃん、大王の名前思い出したか？」

……思い出さない方がよさそうだ。この世界で、亀なんとか波とか流行ったら私の心臓が耐えられない。

「ごめんね、思い出せないや……」

「そっか……」

しゅんっと思いっ切りうな垂れるカーツ君。おおう、ごめんっ！

そんな会話をしていると、巨大な火の玉をよけたローファスさんが地面を蹴り、垂直に４ｍくらい飛び上がった。

そして、そのままグーにした手を突き出してブライス君に向かっていく。

「あ、あれ、アーンパー……」

おっと、ダメダメ。口を手で押さえる。

「何？　アーンパー？」

子供たちと何度も見た、幼児向けアニメのね、キャラクターのね、必殺技なんだけど。

あの子たち元気かな。すぐにそのアニメは卒業してヒーロー物に夢中になってたね。今はそれも卒業して……何を見ているんだろう。頭を小さく振る。

きっと幸せになってるよ。略奪されたということはショックだけれど……。ママは優しくて一生懸命なんで……。

主人の言う通り、彼女は私なんかよりもずっと素晴らしい人なんだろうなぁ……。

思い出を振り払い、前を見る。

そこには幼児の見るアニメのキャラクターとは似ても似つかぬ、筋肉もりもりのローファスさんがいる。

「ねぇ、アーンパーってなんだ？」

カーツ君がまたもや目をキラキラさせてこちらを見ている。

「えっと、正義の味方の必殺技？」

「そっか！　正義の味方、ローファスさんにぴったりだ！　イケー、ローファスさんっ！　アーンパーだ！」

あああぁ、あぁあぁあ。ごめんなさい。はー、なんだかとってもパンが食べたくなってきました。いろいろな具の入った菓子パンや総菜パン。

そうだ！　今日はお弁当用に一夜干しの干し肉を挟んだパンを作るんだった。野菜も入れよう。レタスとか合うかな？　レタスで角煮を巻いて食べても美味しそうだし。畑にあったかなぁ？

「カーツ君、畑に行ってくるね。お米はそろそろ炊いてもいい頃だと思うんだけど、頼んでもいいかな？　火加減とか分かる？」

「もちろん！　任せてよ！」

カーツ君がガッツポーズをして小屋に戻っていった。

2人の激しい訓練で、あたりの地面はぼこぼこ穴が開いている。だけれど、なぜかダンジョンのある崖は無傷だ。

ダンジョンの入口が落石で塞がっちゃうといけないから避けてるのかな？　なんて見てたら、亀なんとかがダンジョンに向かって飛んでいった。

「あーっ！　醤油ダンジョンが！」

いや、違う、初級ダンジョンでもないな、ポーション畑ダンジョンだっけ？

なんでもいい！　ダンジョンがなくなっちゃったら、私、どこで働けばいいの？　まだまだレベルが5歳児以下なのに！　それに、醤油が！　みりんが！　料理酒が！

と、思ったら、ダンジョン入口付近に衝突した火の玉はそのまま霧散した。掻き消えた。

ダンジョン入口は無傷。

おや？　ダンジョンって、不思議存在？　入口の岩山とか他の岩と違う造り？

魔法で守られてるとか何かあるのかな？　ファンタジーだぁ！　でもよかった。大地震が起きても、ダンジョン崩壊ってこともないんだね。この世界から醤油が消えてなくなる心配をしなくてもいいんだね！　よかったー。

よじよじと、畑へ続く岩場を登っていく。

あれ？　もしかして、ダンジョンの上に位置する畑も不思議空間？

畑ではたと首を傾げた。日本のスーパーは季節を問わずいろいろな野菜が売っているからあんまり疑問にも思わなかったけど……。この畑って、旬を無視して、いろいろな季節の野菜が食べ頃になってません？

「まぁ、いっか。美味しく食べられる野菜がいっぱい、それ大事」

えーっと、レタス、レタス。

「あった！」

玉レタス発見です。食べ頃の1つを取って、それから他に使えそうなものを物色。大根、これ、辛い大根かな？　甘い大根かな？　サラダにできるかな？　あ、サラダにしたとして何かけて食べる？　ドレッシング？　……マヨネーズの材料もないし、ドレッシングにしてもサラダ油とか欲しいなぁ。いいや。また今度。もし辛い大根だったら煮た方がいいしね。

レタスとトマトを持って岩場を後ろ向きで下りていく。

しまったな。背負い籠みたいなのないとつらい。

下りていくと、ローファスさんとブライス君の特訓は終わっていた。小屋からキリカちゃんの声が聞こえてくる。

「あのね、ご飯はね、熱いの。ちょっと冷まさないとおてて火傷するのよ！　ちゃんと手を洗ってから、お水をつけてにぎるのよ」

そっと邪魔しないように小屋の中を覗くと、ローファスさんが背中を丸めてキリカちゃんの指導に従い、ご飯をお皿に移しているところだった。

そうだ。今日は皆で焼きおにぎりを作って、ハズレポーションの効果があるかないか確かめるんだった。

「ダメなの、ローファスさん、そんなにご飯つぶしちゃったら硬くなるのよ」

キリカちゃんが立派な先生役だ。

「あ、そうだな、なんか粒の姿が見えない」

粒の姿が見えない？　それ、もう団子……。団子は団子で美味しいんだよね。

「うわー、手にいっぱい米粒がっ」

「カーツお兄ちゃん、ちゃんと手にお水をつけてからって言ったでしょう？」

「あ、忘れてた！」

「おいブライス、お前上手だな」

「いえ、ユーリさんのように三角にはなりません……どうすれば三角になるんでしょう？」

「ほら、キリカ１つできたの！」

ふふふ、楽しそう。

主人とは一緒に料理することなんてなかったなぁ。男子厨房に入らずって考えだったから……。

「あ、ユーリお姉ちゃん、見て見て！　キリカね、昨日より上手になったでしょ？」

キリカちゃんの握ったおにぎりは、昨日よりもしっかりと固まっていた。昨日はご飯がばらばらと崩れそうな部分が多かったけれど。

「うん、上手になったねぇ！　私の分も作ってくれると嬉しいな」

「いいよ！　キリカ、ユーリお姉ちゃんの分も作るね！」

みんなが焼きおにぎりを作っている間に、ブライス君とローファスさんのお弁当を作る。

……本当に、2人ともいなくなっちゃうんだ……。寂しい。

……うん、寂しくなんかない。カーツ君とキリカちゃんがいるんだし、それに、ブライス君もローファスさんも、一生会えないわけでも、私たちを捨てていくわけでもなくて、仕事があるんだから。そう、うん。

単身赴任の夫が月に1度帰ってくるみたいなものだよね？

「うわぁっ！」

何考えてるんだろう。違う、違う！　単身赴任の夫って……。

何考えてるの、私！　ローファスさんもブライス君も夫じゃないから！

「どうしたんですか？　ユーリさん？」

声を上げた私を心配して、ブライス君が顔を覗かせた。

「なんでもないの。えっと、昨日干した一夜干し取ってくるね！」

薄切り角煮の一夜干しを取りにいく。

薄切りにしてパンに挟みやすい形にしてあるから、もうすでに四角ではない。でも角煮でいいのかな？　ん？

あ、そうだ。下宿屋の女将さんと、下宿を巣立っていった子供たちってどうかな。

月に1度は顔を見せてくれるって、うん、そんな関係？

そっか。小屋が下宿屋なら……私、冒険者兼下宿屋の女将さんみたいな小屋の管理人っていうのもいいなぁ。ブライス君のようにレベルが10になって出ていく子供たちがいる一方、新しくやって来る子供たちもいるはずだ。

大人がいた方が絶対にいい。って思うのは、私が過保護すぎるのかな……。

それにしても、なんだか楽しい。何もできないって言われてた私が、今は「何ができるかな」「何をしようかな」って将来のことといろいろ考えてるなんて。

まずはレベルを10まで上げて、冒険者って名乗れるようになって……。

食堂で働くのもいい。下宿屋で働くのもいい。ローファスさんに頼んで小屋の管理人にしてもらうっていうのもいいかも。それか、冒険者としていくつか仕事をこなしながら、自分に合う仕事を見つけることだってできるはず。

だって、レベル10になれば魔法が使えるようになるんだもん。魔法が使えるようになって、できることが増えたら、やりたいことも増えるかもしれない。

「大丈夫、だよね、これ?」

昨日ブライス君にもらって食べた一夜干しの干し肉の味を思い出す。

吐き出さずに飲み込むのがやっとの肉臭い味だった。今回は角煮として味付けしてから干したわけだけど……臭みが味付けに勝ってるなんてことないよね? もしそうだとしたら、パンに挟んでお弁当にするのは考え直さないといけない。

一番小さい角煮の干し肉を手に取って、千切って口に入れる。

「ぱくん」

千切った残りの大きい方も口に入れて、肉を噛む。

「美味しい」

味が凝縮されてる。噛めば噛むだけ旨みが出てくる感じだ。スルメの角煮版って言えばいいだろうか? ぎゅぅーって噛むたびにうまい! これはいい。あ、でもちょっとハンバーガーっぽいものにはならなさそうだなぁ。サンドイッチ系の方が食べやすそうだ。

丸いパンを薄切りにして使おう。

レタス、角煮干し、レタス、角煮干し、レタスと、何層かにしてたっぷり挟んで……。美味しそう。むふふんふーんと鼻歌交じりで小屋に戻る。

「ローファスさん、ブライス君、お弁当にパンを使うので自販機でパン出してねー」

ポーション1つ入れると出てくる例のアレ。

「お弁当はパンか」

ローファスさんがうな垂れた。

え？　なんで？

「パンは嫌いですか？」

だったら仕方がないというか、この世界でパンが嫌いだったら生きづらいだろうなぁ……。かわいそうに……。

「いや、嫌いではないが、ユーリの作ったお弁当を食べられると思っていただけに、その……。いや、角煮の一夜干しがあるだけでも十分なんだが、えっとなぁ……」

「パンのお弁当って見たことないですか？」

我ながらバカな質問をしてしまった。携帯食はあってもお弁当を知らなかった人たちに、パンのお弁当を見たことがあるかと聞くほど愚かな話はない。見たことないに決まっている。

キリカちゃんが首を傾げた。

「パンのお弁当ってあるの？　キリカ食べてみたい！」

「俺も、俺も！　今度はパンが顔になるのか？」

キリカちゃんとカーツ君の言葉にローファスさんが今度は首を傾げた。

「顔ってなんだ？」

「えっとね、ユーリお姉ちゃんがね、昨日作ってくれたお弁当はキリカのお顔だったのよ」

「そうそう、で、俺のは俺の顔だったんだぜ！」

2人の説明に、ローファスさんが再び首を傾げる。

まぁ、その説明では分からないよね……。

「はい、ユーリさん。パンを取ってきました。お願いします」

「ああ、ありがとう、ブライス君」

ブライス君が持ってきたパンは3つ。1つがソフトボールくらいの大きさがあるけれど、こんなに食べられるのかな？

まずはパンを6枚に切る。両端の面積の少ないところはサンドイッチにしにくいので避けておく。パンは軽く焼いてサクサクにした方が美味しそうなので、オーブンに並べて入れて1分半ほど。きつね色がほんわりと付いたところで取り出す。

「え？　なんでパンを焼いてるんだ？　焼きおにぎりも、そのままでもう食べられるのにまた焼いてたし、ユーリの故郷の料理って変なことするな？」

ローファスさんがびっくりした顔をしている。

すでに焼いて出来上がったパンをもう1度焼くって不思議？　日本じゃトーストとか当たり前だったから気にもしなかったけど。確かに、アンパンやメロンパン焼いて食べる人はあまりいないか。そのまま食べるね、

「ああー、何するんですかっ！　それは僕のですよ？」

ローファスさんが焼き上がったパンを1つ取って口に入れた。サクッと、パンに歯を立てた美味しそうな音が響く。

ローファスさんの目が輝く。

「ローファスさん、だから、僕のパンだと！」

ローファスさんがあっという間に1枚食べ終え、もう1つ手を伸ばした。それをブライス君が止めにかかる。

「ブライス、お前も食ってみろ。すごいぞ、なんで、切って焼いただけなのに、こんなに味が変わるんだ？」

パンを口に突っ込まれ、ブライス君が、仕方なさそうに咀嚼《そしゃく》する。

「ユーリさん、素晴らしいです。パンは、千切って食べる物、温めたい時はスープにでも浸す

ものだと思っていましたが……切って、焼く、それだけで、まるで別の食べ物のようです」

ブライス君の目も輝いた。

え？　なんか、さすがに、たったこれだけでこんなに褒められるのっていたたまれないんだけど……。そっか。この世界じゃぁ、丸いパンを千切って食べるのが普通で、食パン的な切って完成させるパンっていうのはないんだ。確かに、丸いパンはそのまま焼けばいいけど、食パンだと型がいるもんね。

そういえば、パンの歴史は5000年以上あるけど、食パンの歴史は200〜300年くらいしかないって聞いたことがあるかも。

丸パンに切り込みを入れて具を挟んだりしないのかな？　サンドイッチの名前の由来になった話が残っているくらいだから、パンにおかずを挟んで食べるのも、一般的になったのはずいぶん歴史が浅い？

んー。まぁいいや。こっちの世界の普通の食べ方を知らない方がいい。

だってもし、こっちではこうして食べるのが普通というのを知っちゃうと、郷に入っては郷に従えってなっちゃうもん。「物を知らないと思われたくない」とか、「人と違うことをして仲間外れになりたくない」とかいろいろ考えちゃって。

「女が出しゃばるな！　偉そうに意見を言うな！　みっともない！」っていう主人の言葉を思

い出す。偉そうに言ったつもりはなかったんだけれど……私の言い方が悪かったのかな。どういう言い方をすればみっともなくないのか、私には難しくて……。主人に何かを言うことが怖くなったんだ。

「って、ユーリさんの料理が美味しいのと、ローファスさんが僕のパンを食べるのは別の話ですよっ！」

「すまん、すまん、ちゃんと返すから！」

あ、そういえば、目の前ではせっかく焼いたパンをすっかり食べられてしまったんだ。

「ダメですよ、ローファスさん。いくら返すつもりでも、人のものを勝手に食べたりしては！　食べ物の恨みは恐ろしいって聞いたことないですか？　ちゃんと許可をもらってから食べてくださいっ！」

あれ？　私……。主人にはあれほど言いたいことが言えなかったのに、ローファスさんには言いたい放題言えてる？　なんでだろう？

「いやー、うまそうな匂いがしたから、つい！」

ローファスさんが頭を掻く。

「ついじゃありませんっ！　ブライス君のパンというのも問題ですけど、料理の途中で食べるのはつまみ食いって言うんですよっ！　あんまりお行儀が悪いと、もうご飯作ってあげませんからっ！」

あれ？　あれれ？　すごく生意気で偉そうなこと、口からすらすらーって出ちゃった。

「うわわ、ごめんなさい。すまん、許してくれ、えっと、ブライス、悪かった。謝る。それからユーリ、今度からつまみ食いはしません。あ、したくなったら、食べたいですって言う、な？　それから、えーっと、うーんと、また猪獲ってくるから！」

「ぷっ」

分かった。ローファスさん、ご飯に関してはまるで食べ盛りの子供みたいだから。それで私つい、子供に言うように言葉が出ちゃう。

「はい。今度からはそうしてください。それから、お弁当作るためにパンを持ってきてくださいね！」

「すぐに！」

ローファスさんが自販機に駆けていった。

そういえば、初級ポーション持ってなかったんじゃないっけ？

「はい、これキリカの分なの」

「これは俺の！」

え？

キリカちゃんとカーツ君がパンを持ってきた。

2人は小屋に残るから私の分と合わせてあとで作ろうと思ってたんだけど……。

キリカちゃんとカーツ君がジーッと見ている。

「焼いたパンが食べてみたいの？」

2人がこくんと頷いた。

もちろん、いくらでもトーストくらいしますよっ！　すぐにね！　待っててよ！　おっと、ダメ、いけない。かわいい顔につい、言いなりになってしまうところだった。ダメダメ。

「じゃぁ、あとでね。2人とも焼きおにぎり作ってたよね？　せっかく作ったのに、お腹がいっぱいで食べられないといけないからね？」

「分かった」

「じゃぁ、お昼の時まで我慢する」

我慢……う、うん。ごめんね。我慢させちゃって。しょぼん。

もうっ！　小さなキリカちゃんやカーツ君さえ我慢ができるってのに、目の前のローファスさんは、なんでパンを両手にいっぱい抱えてショックを受けた顔して固まってるんでしょうね？

「つまみ食いばかりしてたら、もうご飯作ってあげませんっ！」

って言葉でやっと諦めてくれた。

で、両手いっぱいのパンは、初級ポーションがなくて上級ポーションを入れたらいっぱい出てきたんだって。

お弁当で食べられる分だけにしてくださいって言ったら、自販機の中にパンを戻していた。

そういえば、元々あの自販機の中身の供給者ってローファスさんなんだっけ……。それでもローファスさんもポーションで買うんだ。

パンを切って、焼いて、レタス、角煮干、レタス、角煮干、レタス、パンを載せる。

ブライス君が3つ。ローファスさんが8つ……のパンを使って、合計22個作りました。

で、残しておいたパンの端っこの部分はさっきよりも長い時間焼いて、ラスクみたいにサクサクカリカリの状態にしてから、昨日コーラで作ったジャムを挟みます。

ふふふ、コーラと茱萸の実で作ったスパイスジャム。

これ、すごく美味しくてびっくりなの。

茱萸の渋みは火を通すことでほとんど感じないし、コーラで甘く甘くなった。

前からずっとスパイスジャムって気になってたんだよね。

レシピを何度も見て暗記してた。カルダモン、シナモン、クローブ……。コーラの原料とほぼ同じだから、コーラで代用できないかなぁとちょっと考えたこともあった。

なんで作らなかったかというと、カルダモンがちょっと高かったから。作ってみたいなっていう好奇心を満たすだけのために買うには、高級すぎるお値段だったんだ。無駄遣いをしたと主人に言われると思うと、買えなかった。

MPポーションはコーラ味だったけど、やっぱりスパイス風味の強いコーラだったから、チャンス到来！　まさか、長年の夢というほど大げさじゃないけれど、ずっと作ってみたかったスパイスジャムを異世界で作れるなんて思ってもみなかったよ。

昨日出来上がったスパイスジャムを一口食べて絶句したよ。

美味しいの！　好き嫌いはあると思うんだ。シナモンシュガーが好きな人は好きだと思う。シナモンシュガーのジャム版みたいな感じ。すぅーっと香り高いスパイスが鼻に抜けてすっきりしていて、で、甘くて美味しいの。なんて言えばいいのかなぁ……。

出来上がったスパイスジャムサンドラスクを試食したい気持ちになったけれど、ダメダメ。このパンはブライス君とローファスさんのものだからね。

お昼に私はキリカちゃんとカーツ君と一緒に食べるんだから。

あとは大きな葉っぱにくるんで布で包めば完成ね。

「うわー、すごいの。パンじゃないみたい」

キリカちゃんが来た。

「お昼に一緒に作ろうね」

「うんっ！　キリカね、お料理大好きなのっ！」

「焼きおにぎりも上手にできたよ！」

キリカちゃんに手を引かれてテーブルに着く。

皆はすでに着席していて、目の前に形が不揃いの焼きおにぎりの載った皿があった。

「では、ステータスオープン、醤油を使った焼きおにぎりは防御力アップの効果があるはずです。いただきましょう」

ブライス君が焼きおにぎりを食べる。

「ステータスオープン」

続いてカーツ君、ローファスさん、キリカちゃんもそれぞれが自分で作った焼きおにぎりを食べた。

「上がっていますが、プラス1ですね。効果はユーリさんの10分の1です」

ローファスさんとカーツ君が頷いた。

「俺もだー」

「あー、キリカね、プラス2になったよ」

「え？　プラス2？　キリカの作った焼きおにぎりを食べてもいいですか？」

ブライス君がキリカちゃんの焼きおにぎりを食べる。

「確かに、プラス2ですね……。昨日はローファスさんが1割程度の上昇だと言っていたのは、間違いだった？」

「間違いじゃないぞ、確かに1割だった。もしかして、キリカだけは作るのが2回目だからじゃないのか？」

「スキルレベルかなんか上がったのか？　繰り返し作れば効果の高い料理が作れるってことか？」

へー。そうなんだ。

「本当？　じゃぁ、キリカもっといっぱい料理作るんだ！　ユーリお姉ちゃん教えてね！」

「ええ。もちろんよ。働かざる者食うべからずだからね。一緒に料理作りましょうね」

「俺も、俺も料理する！」

「そうだね。カーツくんも一緒に料理しようね」

目の前には、4人が作った焼きおにぎりが1つずつ置いてある。

私のためにみんなが作ってくれたんだ。

「じゃぁ、私もいただくね。ステータスオープン、あ！」

「あ？　どうした？」

えーっと、いろいろな項目にプラス補正値とか付いてる。

「もう、防御力はプラス9になってる……」

なんで？　何か食べたっけ？

「あ！　角煮の一夜干しが、どんな味なのか確認のために食べたんだ！」

つまみ食いはいけませんと言っておきながら、恥ずかしい。忘れてた。

でも、あれはどんな料理に合わせればいいのか考えるための味見だから仕方ないよね。

「え？　角煮ではプラス10になるはずじゃ……それがプラス9？」

ブライス君が席を立ち、一夜干しの角煮を1つ手にして食べた。

「確かにプラス9ですね」

それから、今度はたっぷりと味が染みた角煮を鍋から1つ取り、食べた。

「プラス10です……この違いはいったい？」

ブライス君が考え込んだ。

「え？　一夜干しにしちゃうと効果が落ちるの？　時間が経ったからじゃないよね？　時間なら鍋の角煮も同じだけ時間が経ったんだもん。違いと言えば、干して水分が飛んだくらい？」

ローファスさんも席を立ち、鍋から熱々の角煮を皿に載せる。

あれ？　ローファスさんにしては、盛り方が少ないなと思ったら、皿をカーツ君の前に置いた。

それから、次にキリカちゃんの前にも。

「まぁ、まずは食べようぜ。謎が多いのなんて今に始まったことじゃないんだ。その一夜干しにしたのも、さらに干したらどうなるかも確認しないとなんとも言えないしな。明日になったらプラス6になってるかもしれない。逆に10日経っても1年経ってもプラス9のままなら、すごいぞ。保存ができるんだからな」

「そうですね。すごいこと、ですね……」

ブライス君の視線が、宙を見ている。ステータス画面を見ているのだろう。

「初級ポーションと初級MPポーションを使ったとは思えない速さで、HPもMPも回復している。そんな食べ物が欲しい時にすぐに手に入って食べられるのなら……本当にすごいことです」

「だなぁ。ポーションってかさばるから持ち運ぶ量にも限りがあるけど、干し肉1つかじればこんだけの効果があるんだからなぁ……持ち運べる量も格段と増える」

というブライス君とローファスさんの話に、カーツ君が水を差した。

「ダメみたいだよ、俺、今食べたら、プラス8しか効果ない。このままのスピードで効果が落ちるんなら、無理だよね？」

ふっとブライス君とローファスさんが笑った。

「そう、うまい話はないか」

「そうですね。料理は出来たてが美味しいのと同じかもしれませんね。出来たての状態から離れると効果がなくなっていくとか……」

「ということは、出来たての美味しい状態を長い時間保存できれば効果は続くってことかな？」

うーん。じゃぁ、やっぱり冷蔵庫があれば！

「冷凍すれば長い間保存できるんだけどな……」

「凍らせればいいんですか？」

ブライス君が、手元の皿の上に載っていた3つの角煮を凍らせた。

「あ、ずっと凍ったままじゃないよね？　魔法で凍らせても溶けちゃうよね？」

もし【解除】と言うまで凍り続けるなら保存はできるんだけどなぁ。

「そうですね、溶けますね」

だよね。前にブライス君が凍らせてくれたコップの水もいつの間にか溶けてたもん。

冷凍保存がダメだとすると……。缶詰？　ダメだよね。そんな技術ないし。

他に何か保存方法なかったっけ？

「そうだ、ローファスさん、風の魔法石って、空気を抜くこともできないですか？」

「空気？　なんだ？」

えっと、空気が何か？　えーっと、この見えないけど、あるもので……。

「なんていうのか、こう、ふーっと」

口からふーっと息を吐き出す。

「口の中の空気……風の元？　を出すような？」

「できるんじゃないか？　な、ブライス？」

「ええ」

そうか、そうなんだ。

そういえば、水の温度の単位、63度っていうのも、この世界では言葉はなかったけれど意味は魔法石に通用した。

「なるべく密閉できる容器と風の魔法石くださいっ！」

ローファスさんに言ってみる。

「ああ、いいぞ。ちょっと待ってろ」

ローファスさんが立ち上がり私の頭を撫でて小屋を出ていき、数分で戻ってきた。

「どれだけ必要だ？」

大小さまざまな蓋付きの壺みたいなのを持っている。

「1つ、これでいいです。あの、実験なんで……」

成功の保証などない。

壺をしっかり洗い、さっきブライス君が凍らせた角煮を3つ入れる。あんまりたくさん入れて失敗したらもったいないのでね。

「【中の空気を外に出して真空状態を保って】」

と、風の魔法石にお願いして壺に入れてから蓋をする。

「さっきも言っていたが空気ってなんだ？　真空状態って？」

「成功したら説明します」

と、逃げる。

そう、真空パックとか、真空保存ができないかなってちょっと思ったの。

風魔法が風そのものじゃなくて、空気を動かすという力があるかどうかも分からない。空気を動かす力であるなら、真空状態という命令もこなせるはずだ。

……たぶん。

大きく空気を動かすわけじゃないから、風の魔法石が長持ちしてくれるといいけど……。干し肉を作るために小屋の中に風を送るのは半日ほどで石の力がなくなるって言ってた。

うーん、分かんないことだらけだ。とりあえず、耳を澄ませると、微かな音が壺から聞こえているからこの音を目安にしよう。

成功したら、冷蔵庫は無理でも、真空パックができるんだもん。へっへっへー。レトルト食品万歳だね！

と、なんやかんや席を立ったり座ったり落ち着きのない朝食が終わりました。

本当は、あとにしてください、ちゃんと座って食べましょうと、言うべきだったのかもしれないけれど。あとにしてくださいと言えないでしょ。

だって、もうすぐ2人は小屋を出発するんだから。あとなんてないもの。

そう、ご飯が終わったら、あっという間だった。

荷車が小屋の前に出ている。

ローファスさんは慣れた様子で荷物をまとめた。

ブライス君も背負い袋1つ持って小屋の外に出ている。

「じゃぁ、キリカ、カーツ、ユーリさんにダンジョンルールをしっかり教えてあげるんだよ」

「任せとけ」

「うん。キリカね、ダンジョンルールをユーリお姉ちゃんに教えてあげて、料理を教えてもらうの。がんばるんだ」

ブライス君が、キリカちゃんとカーツ君の頭を順に撫でた。

ずっと一緒に過ごしてきたんだもん。別れはつらいよね。

「ユーリさん……2人をお願いします」

もちろんと、頷く。

この世界では非常識でレベルもみんなよりも低いけど、年の功だけはあるはずなので……。

頼りになるかならないかはまた別の話だけど……。ううう。

「忘れ物はないですか?」

ハンカチは持った? ティッシュは?

と、思わず日本では定番の言葉を口に出しそうになって言葉を飲み込む。

だって、人を送り出すのには慣れてないの。何を言っていいのか分からなくて……。

「あ、忘れてた! 買い物リスト、作ってくれたかユーリ?」

「あ! はい!」

忘れ物ないかと尋ねて、忘れてたのは私の方とか! は、恥ずかしすぎる。でも、よかった。

思い出してくれて。

「街で買って、持ってくるからなー」

手渡した紙を、ローファスさんが見た。

日本語で書いてあるのに、本当に読めるのかな?

「【鑑定】」

鑑定？　何それ！

「なになに？　塩、塩、塩、塩……ん？　そんなに大量に塩が欲しいのか？」

え？　なんて書いたんだっけ？

そうだ。塩、しお、シオ、Ｓｈｉｏ、Ｓｏｌｔって、本当に読めるかどうか分からなかったからいろいろな書き方をしたんだ。

「で、これは何のことだ？　鑑定じゃ意味が分からないんだが」

と、ローファスさんがＳｏｌｔを指差した。まさか、日本語は通じるのに英語はダメ？

あっ、あっ、あ――――っ！

「こ、これ、間違い、あの、間違いですっ！　意味はないのっ！」

そうだ、そうだよっ！　思い出した！　やらかしたー！

塩は英語で「ソルト」だけど綴りは「Ｓａｌｔ」だった。こんな簡単な英語もできないんじゃ、お前が外で働くなんて無理だろう――って主人に言われたんだ。

「本当ですか？　ユーリさんの故郷にはあって、こちらにないだけとか？　【鑑定】」

ブライス君がじぃーっと紙を覗き込んだ。

「人の名前ですか……誰なんです？　ソルトって」

しお
汐
Shio
Solt

「え？　なんだよ、ブライス、俺よりすでに鑑定魔法レベル上かよっ！」

鑑定魔法？　言葉の意味がそれで分かるなんて便利！　駅前留学とか必要ないじゃんっ！

「ユーリさん、思わず紙に書いてしまうほど、心を占めている人がいるんですか？　このソルトっていう人物が……」

ブライス君が悲しそうな顔をして聞いてくる。誰よ、誰なの、ソルトって！

「違います、あの、ちょっと、書き間違えたんですっ、本当はこう書こうと思ったんですっ！」

うわーん。結局みんなの前で恥をさらしてしまいました。

顔を赤くしながら、紙の文字を２本線で消して隣にＳａｌｔと書き直す。

「塩……そんなに塩が欲しかったのか。たくさん持ってくるからな！」

ローファスさんがどーんと胸を叩いた。いや、違う、そうじゃなくてっ！

「ユーリさん……よかった。僕の知らない誰かを想っているのかと思ったら……ごめんなさい。冷静さを欠きました。ダメですね。まだまだ僕も子供のようです……」

いや、子供だよ、子供。どこからどう見ても！

「ははは、ユーリもまだまだ子供だからな。間違いなんて気にすることはないよっ。大人だってろくに文字が書けない者なんてたくさんいるんだ。ギルドの依頼書だって間違いだらけだぞ？」

ぐりぐりとローファスさんに頭を撫でられる。

うー、大人だから恥ずかしいんです！　しかも、書かなくてもいい英語をわざわざ書き加えてそれが間違ってたとか……。ううう っ。

「じゃ、カーツもキリカもユーリも、1週間くらいでまた来るからな」

「え？　いつもひと月に1回なのに？　どうして？」

キリカちゃんが首を傾げた。

「頼まれた食材運ばないといけないからな。それから、ポーションを保存するための箱とか持ってこないとダメだろ？　これからどんどん増えるだろうからな」

それを聞いてカーツ君が手を打った。

「そっか！　うん、そうだよな。俺、ユーリ姉ちゃんに会いたくて来るのかと思った」

え？　私に会いたい？

びっくりしてローファスさんの顔を見る。

「私、確かにレベルが低いですけど、そこまでダメな人間だと……思われてますか？」

お前に何ができる、お前に働けるわけがないだろう、家のことしかできないくせに、外に出ても周りに迷惑をかけるだけだ。

主人の言葉が頭に押し寄せて、心臓がバクバクしてきた。

「いっ、いや、違う、違う、ユーリ、そんな泣きそうな顔をするなっ！」

私、泣きそう？

「そうですよ、ユーリさん。どうせローファスさんのことだから、食材を持ってきたついでにユーリさんの料理を食べられるっていう下心があってのことなんですよ」

ローファスさんが、「うっ」と言葉を詰まらせた。

「そっか、ユーリ姉ちゃんの料理食べにくるのか」

「本当ですか？　私が、ここでちゃんとできるか心配しているわけじゃなくて？」

ローファスさんがぽんっと私の肩を叩く。

「むしろ、ユーリがいてくれて安心してるぞ。カーツもキリカもブライスも、今までよりも楽しそうだ。一人前の冒険者になるために必死にレベル上げをしていた時の張り詰めた感じが抜けて、いい感じだ。ユーリが来てからの変化だろう？」

ローファスさんの言葉に、ブライス君が力強く頷く。

「ええ。ユーリさんの料理は確かに美味しいですが、もしユーリさんが料理を作れなくても、それでも僕もカーツもキリカも、前よりずっと幸せな気持ちになれていると思いますよ」

キリカちゃんが私の右腕にしがみついた。

「うん。キリカね、ユーリお姉ちゃん大好きっ！　優しくてね、いい匂いがするのっ！」

へ？　いい匂い……？

むしろ、えっと、お風呂に入れてないし、レンコン取るのに池に突っ込んだりしてるし、大量に肉を料理したりしてるし、いろいろすごい匂いになってると思うんだけど……。

思わず左腕を持ち上げて匂いを嗅ぐ……う、分からない。

「キリカが言うなら間違いないな。悪い人間は臭いんだろ？」

「うん。そうだよ」

ええええっ。く、臭くならないように風呂に、風呂に入りたいですっ！

そ、そうだ、猪の皮を剥ぐのに火の魔法石と水の魔法石でお湯が作れた！

火の魔法石や水の魔法石はポーションで買えるんだよね？　あと必要なのは……。

「【契約　風呂桶が欲しいです　幕の内弁当】」

とっさに言ってみたら、すぐにローファスさんが答えた。

「【契約成立】。で、風呂桶ってなんだ？」

は？

「えっと、何か分からないのに契約成立とか言っても大丈夫なんですか？」

「もちろんだ。だって、弁当がもらえるんだろう？　幕の内弁当ってなんだ？　弁当は他にも種類があるのか？　楽しみだなぁ」

えーっと、風呂桶って、手桶の方じゃなくて浴槽の方なんだけどな、いいのかな？

弁当1つじゃとても割に合わないと思うんだけど……。

浴槽の説明をすると、ローファスさんが、

「ああ、大きな酒樽みたいなものか？　だったらすぐに用意できるぞ」

と言ってくれたので、わざわざ浴槽を作るわけじゃないなら大丈夫かと胸を撫でおろす。

「ずるいー。キリカも幕の内弁当食べたいよー」

「キリカちゃんとカーツ君は、一緒に作る側だよ？　もちろん、作った人は食べる権利があるからね？」

ぎゅっと、両手を広げて泣きそうになっていたキリカちゃんと、ついでにカーツ君を抱きしめた。あー、子供のいい匂い。ちょっと汗臭いけど。

うん、風呂ができたらみんなで入ろう。汗を流そう。

あ、ブライス君が寂しそうな顔をしている。

「【契約　風呂桶に付与魔法で42度のお湯を満たすようにして　幕の内弁当】」

「【契約成立】」

ブライス君が早口で答える。

「契約なんてしなくても、いつだってユーリさんのために魔法を使うのに……」

「ありがとう、ブライス君。私もいつだってブライス君にお弁当作ってあげたいけれど……。ダンジョンルールではそういうわけにはいかないんだよね？」

子供たちをめっちゃ甘やかしたいけど、甘やかしてはいけないって……。

「そうでした」

ブライス君がふっと綺麗な笑顔を見せる。

「どうも、僕はユーリさん相手だと冷静さを欠きすぎるようです」

あああ、もう！　ブライス君、見た目は子供なんだよ！　私、子供を甘やかしたくてうずうずしてるんだからっ！

そんな風に反省してますって顔されたら、いい子ね！　って頭撫でてぎゅってしたくなっちゃうから……。

「ユーリ、お前本当にいい子だなぁ。ブライスにも幕の内弁当食べさせてあげたいから、わざわざ付与魔法を頼んだんだろう？」

ぐりぐりぐりっと、ローファスさんに頭を撫でられる。

あうっ！　分かってしまった！　私が子供を甘やかしたいのと同じだ！

ローファスさんも、私のように、子供がかわいくて仕方がないタイプだ！

子供の成長に泣くタイプだっ！

でも、待って、私、こんな頭を撫でられるほど子供じゃないから！　やーめーてー！

ローファスさん、もう、さっさとどっかへ行っちゃって！

◆◇◆◇◆

……2人の姿が見えなくなるまで、３人で見送った。

「さぁ、頑張ってポーション収穫しよう！」

カーツ君が一番初めに動き出した。

「うん。キリカがんばるよ。レベルもがんばってあげる！」

次に声を上げたのがキリカちゃん。

「うん。頑張りましょう！　次にローファスさんが来る時までにいっぱいいっぱいポーションとってびっくりさせようね！」


うぎゃーっ！　いやぁーっ！

ぴゃ――――っ！

ダンジョンでゴキスラ退治は、慣れません。

なんだろう、このG的動き……。害があるわけではないのに、見るだけで背筋が凍りつくようなこの感覚は……。ずっと慣れる気がしない！

「せーのっ！」

と言いつつ、醤油がこの世に広がって欲しいので頑張るしかない。

玉ねぎを置いて、板を被せて踏みつける。

ブライス君がいなくなった分、少し取れる量が減ってしまったが、仕方がない。それでも、1匹ずつやっつけるよりはたくさん取れる。回数を増やすことで収穫量は確保できそうだ。

午前中いっぱい、板を使う方法で収穫を続ける。午後からは収穫ではなく、冒険者としての訓練目的で個々にゴキスラに対峙する……予定。

「じゃぁ、お昼ご飯にしましょう！　いろいろと確認しながらだから、ちょっと時間がかかるけどいいかな？」

「うん、いいよ！　確認も大事だってキリカ知ってる」

「ステータスオープン、何を確認すればいいんだ？」

何をというと、まずは角煮の干し肉単体だよね。

一夜干しして、朝は10から8まで効果が落ちていた。今はどうなったか。

「じゃぁ、カーツ君、これ食べてみて？　朝は8だったよね。お昼の今はどうなったかな？」

「もぐもぐ、あー、7になってる。また効果が低くなったみたいだ」

ふむ。紙にメモする。

夜作りたては10、朝になったら8、昼は7か。

作ってから朝までおよそ12時間。朝から昼の今までおよそ6時間と考えると……6時間で効果が1割減るってことかな？　とすると、24時間で4減る。48時間で8減って、丸2日と半日で効果がゼロになるのか。

「じゃぁ、次は、ポーション効果のある角煮干し肉を使った料理を食べるとどうなるかな？」

パンにレタスと角煮干し肉を挟んで、キリカちゃんに食べてもらう。

「ステータスオープン。ふわあ、おいしい。焼いたパンがサクサクでレタスがシャキシャキいってる。お肉の味と合うの。あれ？　補正値がプラス10になってるよ？　角煮の一夜干しはプラス7じゃなかった？」

「本当？　どうしてだろう？　……もしかして、干した時点で、料理ではなく料理の材料として存在が変化しちゃったのかなぁ？　もう一度料理に使ったから、料理という存在になった？

そういえば、ポーション類を使って料理してても、完成前の味見の段階では効果がなかったよね……」

カーツ君が「そっかぁ」と納得したように頷いた。

「やっぱり、薬の調合に近いんだよ。薬草を組み合わせて薬にすると、効果が高まる。それから……」

カーツ君がパンに角煮干し肉を挟んで私に渡した。

「ユーリ姉ちゃん、ステータス確かめてみて」

「う、うん。ステータスオープン」

えっと、角煮干し肉単体だと8上がって、パンに挟んだら10の補正効果が付いたでしょ？

でもカーツ君は今朝の焼きおにぎりでは補正効果1しか付かなかったから、えーっと、どうなるんだろう？

ぱくん。もぐもぐ。

「あれ？」

首を傾げる。

「どうなった？　俺の予想だと補正効果は1」

「う、うん。カーツ君の言う通りだよ」

「やっぱりね。どんなに効果のある薬草使っても、調合に失敗すると薬としての効果は全くないものができるって言うもんな。調合に成功しても薬師のレベルによって出来上がりに差があるっていうし」

えーっと、それって……？

「食べれないほど不味い料理じゃないから、一応料理としては成功。だけど、俺の作る料理は補正値が1しか付かない。俺の場合はむしろ料理せずにそのまま食べた方が、効果がある」

「でも、時間が経つと、そのまま食べても効果が全然なくなっちゃうんだよね？　だったら、キリカは料理して食べるようにするよっ！」

えーっと、なんだかよく分からない上に、さらに分からないけど……。

醤油ポーションとかを使って作った加工食材は、時間が経つと補正効果がなくなるけれど、それを使った料理には補正効果がまた復活するってこと？

ということは、醤油ポーションが大量に世の中に出回らなくても、角煮干し肉という形で世の中に出回ればいいって話？　それなら醤油ポーションひと瓶で結構な数の角煮の干し肉を作れるんじゃないかな？　それとも、角煮干し肉を料理に使って効果がある時間も決まってたりするのかな？　消費期限や賞味期限みたいなの。

そもそもポーションの賞味期限ってどうなってるんだろう？　うーん。

「ユーリお姉ちゃん、はい。キリカが作ったのも食べて」

いつの間にか、キリカちゃんがパンに角煮干し肉とレタスを挟んだものを作ってくれていた。

ちゃんとトーストしたパンだ。

「ありがとう。もぐ。うん、カーツ君の作ってくれたのも美味しかったけれど、キリカちゃんが作ってくれたのも美味しい」

キリカちゃんが嬉しそうに笑った。

「え？　俺の作ったの美味しかった？」

カーツ君が驚いた顔をする。

「うん。もちろんだよ。だって、私のために作ってくれたってそれだけでも最高のご馳走だもの」

違う？　って小さく首を傾けると、カーツ君がきりっと表情を引きしめた。

「今度はもっとうまいの作るよ！　ユーリ姉ちゃんのために、もっとうまいの作るからな！」

「キリカも！　いっぱい料理して上手になって、おいしいものユーリお姉ちゃんに作ってあげるの！」

「じゃぁ、私も！　もっといろいろ美味しいものをカーツ君とキリカちゃんに作ってあげられるように、レシピの研究頑張るね！」

角煮干し肉サンドを作って食べたあと、パンの丸い端っこを焼いてスパイスグミジャムをたっぷり塗って挟んだ。

「はい、どうぞ、これみんなで摘んだ茱萸で作ったジャムよ。MPポーションが入っているからちょっと色は黒くなっちゃってるけど……」

私たちは3人とも魔法は使えないからMPポーションの効果でMPが回復する様子をステータスで見ることはできない。なのでもうメモは必要ない。

ぱくん。

はー。やっぱり美味しい。スパイスのすっきりした風味と濃厚な甘み。火を通した茱萸の果糖の甘さとMPポーションの甘さが煮詰められて濃厚。美味しいなぁ。他の果物でも作ってみたいな。リンゴにこのジャム塗って焼いたら美味しそう。

キリカちゃんがパクンとパンをかじる。

「あ、ごめんね、ちょっとたくさん塗りすぎちゃったかな」

はみ出したジャムが、キリカちゃんの口の周りにべっとりと付いてしまった。

「ユーリお姉ちゃんっ」

キリカちゃんの目が驚いた猫みたいにまん丸になった。ん？　本当に猫みたいな目だね。

「すんごく甘いの。甘くて甘くて、幸せな味なの。キリカね、お姫様になったみたい」

「ふふ、そう。よかった」

「うわー、マジでこりゃすごいやっ！　甘い。これ、金持ちしか食べられない甘いお菓子ってやつだよな？　すげー。グミとＭＰポーションからできるんだっ！」

そうか。砂糖が貴重品だから、ここまで甘いものって２人は口にしたことないんだね。

お菓子というか、日本の基準で言えば、ジャムを塗っただけのパンは、お菓子じゃなくてパンだよ。

いつか、ちゃんとお菓子を作ってあげたいなぁ。


午後は、スリッパのような武器を片手にゴキスラをひたすら叩きまくる。

鍛えないといけないので、魔法が使えるようになるのが夢なので、夢のために……。

「いやぁ――っ、来ないで！　ひぃーっ！　にゃぁーっ！」

びしっ、ばしっ、ばばばばばっ！

「すげーよな、ユーリ姉ちゃん」

「うん。すごいの。かっこいい。キリカもがんばるのっ！」

「俺だって負けねーよ！」

ダンジョンルール、無理しない。

はぁ、はぁ。息が上がったのでいったん外へ。

「ステータスオープン」

レベルは2のまま。うーん、レベル1から2へはすぐに上がったけど、2から3へは上がりにくいのかな？　そりゃそうか。そんなに簡単に上がっていくなら何年も小屋にいる必要ないもんね。

うー、先は長い。10年とか、かかったらどうしよう……。もう40になっちゃうよ。せめて5年で何とかしたい。頑張ろうっ！

角煮干し肉をかじる。補正値がプラス7付くから、HPの回復スピードも7割程度。何もしないよりはかなり早い。というか、私の場合は15しかないので、1分もせずに全回復。

便利なのは、効果が切れるまで回復し続けるってことなんだよね。

さてと。魔のゴキスラと再び相見《あいまみ》えましょうか……ううう。

そして適当な時間で切り上げて、夕飯作りをスタートした。

料理を覚えたい2人と一緒に、楽しく作ります。へへへ。毎日こんなに楽しく料理ができるなんて夢のようだ。日本にいる時は、毎日3食、きっちり作るのが苦痛で、自分1人の時は、残り物で済ませることが多かった。

「何を作るんだ？」

猪肉を取り出す。ブライス君に作ってもらった氷で冷やしておいた肉です。

それから、畑から取ってきたニラ。

「今日は餃子を作ります！」

ニンニクはないけれど、ニラがあるので入れなくてもいいよね。

カーツ君もキリカちゃんも、獣の解体を手伝えるくらいだから、実は刃物の扱いができるということに気が付いた。

「まずは、お肉をミンチにします」

「ミンチ？」

ああ、ミンチってこっちではしないのかな？

「えーと、細かく切ることよ。こうして、こうして、トントントン」

「分かった！」

「手を切らないように注意してね」

キリカちゃんとカーツ君が肉をミンチにしている間に、他の材料の準備。

味付けは、ここにあるものを使うしかない。具は猪肉とニラとキャベツ。塩はないので少量の醤油を使おう。ニンニク生姜は諦め、ごま油も諦め、あとは酒。食べる時はラー油は諦め、酢醤油。うん、あっさり餃子。野菜多めにしてヘルシーにしようかな。

あとは、餃子の皮なんだけど……。強力粉で作るんだよね。小麦粉って、強力粉かな？　薄力粉かな？

倉庫に小麦粉を取りにいく。

不味い麦……米の入った袋はある。

うん、ないです。麦の入った袋がないです……。小麦粉、ないですっ！

「えー、なんでぇ！　っていうか、私、前にも確認したよね？　なんであると思い込んじゃったんだっけ？　パンがあったからかな？　あれは自動販売機から出てきたから、小屋で誰かが作ってるわけじゃないんだよね……。っていうか、誰も作れる人いなかったんだから、小麦粉を置いておく意味ないいじゃないいっ！」

ああぁ！　餃子……作れません。

とぼとぼと食糧庫からキッチンに戻る。

「あ、ユーリ姉ちゃんこんな感じでいいのか？」

カーツ君がニコニコしています。

「キリカもできたよー」

キリカちゃんも楽しそうです。

今さら、餃子できませんなんて言えない。

ひき肉……うん。そうだ。

「ごめんね、ちょっと材料が足りなくて、餃子じゃなくて餃子とハンバーグの中間みたいなものの作ろうか」

と、申し訳なさそうに言うと、キリカちゃんもカーツ君もニコニコ笑って答えてくれた。

「中間ってことは、両方楽しめるってことか！」

「うわー、お得だね！」

いや、うん。そっか。そういう考え方もありか！

パンをおろし金でおろしてパン粉にする。ニラとキャベツとひき肉と醤油と料理酒とパン粉を混ぜ混ぜ。３人で混ぜ混ぜ。

餃子の具より少し大きめ。ハンバーグよりは小さめに形作って、オーブンで焼きます。

あとは朝食の残り物で作ったレタス角煮サラダと、ご飯です。

ちょっと組み合わせがいまいち。

「焼けたね。この酢醤油を付けて食べるんだよ。でも酸っぱいのが苦手だったら、そのまま食べてもいいからね？　では、いただきます」

「ステータスオープン」

あ、そうでした。いただきますの挨拶代わりに、ステータスチェックですね。記録を取らなくちゃね。もぐもぐ。

それぞれ自分で形にした餃子ハンバーグを食べます。補正値は私が10。カーツ君1、キリカちゃん2と、変化なし。確認したあとは、ゆっくりいただきまーす。

「おいしいね。角煮と同じ猪で作ったの信じられないね。キリカ、角煮も好きだけど、これも好き」

「うめぇ。野菜なんて食べたいって思ったことなかったけど、これ、ニラとキャベツがなきゃ美味しくないんだよな？　野菜ってすげーなぁ」

うん。よかった。

すっかり食べ終わり、片付けもみんなでする。それから寝る支度を済ませてそれぞれの部屋に戻った。

ベッドに入って明日のことを考える。

冷蔵庫がないから大量に作り置きすることはできない。

今のところストックされてるのは干し肉、燻製肉、角煮干し肉、グミジャムだけだ。

さっき使った猪肉で生肉は最後。明日は何を作ろうかなぁ。

ローファスさんが来るの、1週間後って言ってたよね。塩の他にもいろいろ頼んだけれど、どれだけの物が手に入るのかなぁ。小麦粉は今度忘れずに頼まなくちゃ。強力粉とか薄力粉とか細かい注文できるのかな？

そういえばMPポーションはコーラだったけど、ハズレMPポーションってどんな味なのかな？　カーツ君は知ってるかな？

ローファスさんとブライス君、今頃どこで何してるのかなぁ……。

◆◇◆◇◆

「ユーリさん、起きていますか？」

へ？　ドアの外からブライス君の声が？

空耳？　ドンドン。ドアが激しく叩かれた。

「ユーリ、緊急事態だ！　悪い、入るぞ」

ローファスさんの声もする。

ええ？　ど、どういうこと？

「ローファスさん、いくら小屋の所有者だからって、女性の部屋に勝手に入るのはっ！」

「時間がないのは、お前も分かっているだろうっ！」

時間がない？　聞こえてくるローファスさんとブライス君の声は、切羽詰まった感じだ。急いでベッドから降り、靴を履いてドアを開けた。

「ああ、起きてたか」

「どうしたんですか？　2人は街へ行ったんじゃ……忘れも……」

忘れ物ですか？　と言おうとして、言葉を飲み込んだ。

そんな雰囲気じゃない。ピリピリして、まるで今から戦いにいくような顔をしている。

「スタンピードだ！」

ローファスさんがそれだけ言うと、キリカちゃんの部屋のドアを叩く。

「おい、キリカ、起きろっ」

「スタンピード……？　って、何ですか？」

「この先の上級ダンジョンから、魔物が大量に溢れ出ました。街を護る強制クエストが冒険者に発動されたので、僕も、ローファスさんとこれから魔物退治に向かいます」

え？

「魔物が大量に、溢れ出した？」

「王都から魔物討伐軍が到着するまで3日間、街へ魔物が侵入しないように防ぐために行かなければならないのです。本当はここで皆を護りたいのですが……」

魔物討伐軍？　軍が出ないと倒せない魔物と、ローファスさんやブライス君はこれから戦うの？

「だ、大丈夫……なの？」

カチカチと歯が鳴る。怖い。

「大丈夫ですよ。幸いここにはポーションがあります。ダンジョンはどんな攻撃も通しません」

ローファスさんとブライス君の特訓の様子を思い出す。確かに、飛んできた火の玉はダンジョンの入口で霧散した。

ダンジョンのある崖は無傷だ。周りの地面はぼこぼこになっているというのに。

「それに、魔物にはそれぞれのテリトリーがあって、テリトリー外のダンジョンには入れません」

え？

「そうだ。だから、上級ダンジョンから溢れ出た魔物たちは、ポーション畑に入れない」

ローファスさんが眠っているキリカちゃんを左脇に抱えている。

「食糧と布団を持って、あと光の魔法石と、ブライス、準備してあるか？」

部屋から出てきたカーツ君が、ブライス君の代わりに答えた。

「いざという時の袋が倉庫にあるっ！　すぐに運ぶよ。食糧以外は全部入ってる！」

ブライス君がポーションをたくさん持って自動販売機に向かう。

「ユーリ、いつまでそんな青い顔をしてるんだ。大丈夫だ。ポーション畑にいればモンスターに襲われることはない。あれほど安全な場所は他にはないんだからな！」

ガクガクと膝が震える。

「大丈夫なの？」

「大丈夫だよ」

ローファスさんが私の頭をポンポンと叩く。

ガシッと、その手を握った。

フルフルと首を横に振る。

「ローファスさんやブライス君は大丈夫なの？」

ローファスさんがハッと驚いた顔を見せる。

「ユーリ……。俺の心配してるのか？　ははは」

ローファスさんの腕が私の体に回る。ぎゅっと抱きしめられた。片手にキリカちゃんを抱えたままのローファスさんに。

「ありがとうな。久しくそんなに心配してもらったことがなかったから……俺のことを心配してくれてるなんて思いもよらなかった」

「どうして？　キリカちゃんやカーツ君やみんなもローファスさんの心配するでしょう？」

首を傾げた私の背中に、ローファスさんの手がぽんぽんと当たる。

それから、すぐにローファスさんの体が離れた。

「ん、俺はS級だからな。むしろ、俺に頼めば大丈夫だと思われる立場だ。そんな青い顔をさせるようじゃ、冒険者を廃業しなくちゃならないかな」

ローファスさんが口角を上げて笑う。

そうなの？

よく分からないけれど……でも……。

「わ、私はS級冒険者のローファスさんのことは知らないから、だから……あの……おにぎりを作ろうとしてお団子を作っちゃうようなローファスさんのこと……心配しますっ！」

ローファスさんの上がった口角が少し下がった。

作り笑顔が消え、ふっと優しい自然な笑顔がローファスさんの顔に浮かぶ。

「いいな、それ。心配するなと言っても心配してくれる人がいるってのも……」

それからふっと小さく息を吐いて、なんと私をキリカちゃんと同じように反対側に抱えてしまった。

ちょっと！　子ども扱いしすぎだと思うのです！

「歩けますっ！」

「こっちの方が早い。あのなユーリ、マジで安心してくれ。上級ダンジョンのモンスターはB級冒険者でも単独で狩れる。D級でもパーティーを組めば問題ない」

と、言われても全然その〝級〟がどうなってるのか、分からないので安心しようもない。

「ただ、数が多くて広範囲に渡って広がっているから、D級以上の冒険者には強制クエストがかかっただけだ。ドラゴンとか、ドラゴンとボスレベルのモンスターが出ない限り問題ない」

ドラゴンなら分かる。なんかすごく強いってのは、どのゲームでも一緒なはずだ。

ローファスさんに運ばれ、ポーション畑の入口に下ろされる。

「あとな、悪いが干し肉もらってくぞ。携帯食を用意しきれていない冒険者も多い」

「はい。あの、気を付けて！」

ローファスさんが眠っているキリカちゃんを私の腕に預けて干し肉を取りに行った。

「ユーリさん、他に何かいるものはありますか？　運びますよ」

他に？　何が運ばれているかも分からないから何が足りないかも分からないよ？

「ありがとう。あの……ブライス君も行くの？　だって、レベルが10になったばかりで……」

ふっとブライス君が苦笑いする。

「ローファスさんの一言で、飛び級決定。D級からスタートになりました。そのとたんにこれですから」

「大丈夫？　いくら魔法が上手でも……経験値が少ないと危ないいんじゃ……」

ブライス君がキリカちゃんの頭を撫でて、それから私の手に手のひらを重ねた。

「大丈夫ですよ。これは、自信過剰で言うわけじゃないですよ。悔しいですけど、ローファスさんが一緒だから言えることです。S級のローファスさんが一緒ですから、安心してください」

困った顔になってるかな、私。

どれだけ大丈夫だって言われても、それでも、心配なんだ。

でも、きっと、心配な顔して送り出しちゃダメなんだよね。

「キリカちゃんとカーツ君と3人で待ってるね。えっと」

気の利いたことの1つも言えない。

「私の故郷では、街を護るために戦う人たちはね、ヒーローなんだよ」

ヒーロー物と言われる子供向け番組が頭に浮かぶ。

「冒険者じゃなくて、ヒーローが街を護ってくれるの……。だから、ブライス君は今日、ヒーローになるんだね」

ローファスさんとブライス君の特訓風景を思い出す。

ヒーロー物というよりは魔法をバンバン使っていて、その姿はアニメっぽかったけどね。

ローファスさんに至っては、幼児向けの正義の味方で、ヒーローって感じでもなかったけど。

ふふ。

自分の例えのバカバカしさに思わず笑ってしまう。

「ユーリさん……。本当言うと、ちょっと緊張していました。だけれど、そうですね。魔物を倒しにいくんじゃなくて、街を護りにいくんですね。街に魔物を寄せ付けなければ、倒す必要もないと、ユーリさんの言葉で気が付きました」

「うん、無理しないで。3日後には軍が来るんだよね？　倒すのは軍に任せればいい」

ブライス君がうんと頷く。

「ユーリさん、ヒーローデビューしてきます」

ぎゅっと握手をしてからブライス君がポーション畑を離れる。

「あ、そうだ、大切なことを言い忘れていました」

え？

ブライス君が振り返って、綺麗な笑顔を見せた。

はうっ、子供でも顔がいいと笑顔は眩しい！

「お弁当、とても美味しかったです。角煮を挟んだものも、甘い方も」

しかも、残していく言葉がイケメンすぎるでしょう……。

2人は慌ただしく上級ダンジョンの方向に消えていった。

「ユーリ姉ちゃん、早く！　いつ上級モンスターが来るか分からないからっ！」

ポーション畑の中からカーツ君が手招きしている。

もしかして……これから、３日間……ゴキスラに囲まれて過ごさないといけないってこと？

……ちょ、待って、待って……。上級モンスターの姿が見えたらダンジョンに飛び込むみたいな感じじゃダメなのかな？　ね？　それじゃダメ？

え？　いきなり上から襲いかかられたり、地面の中から触手が伸びてきたり、周りを囲まれていたり、毒液を浴びせかけられたり、危険だからダメだって？

「俺ならまぁ、なんとか危険を察知してから動いても助かるかもしれないけど、ユーリ姉ちゃんじゃぁなぁ……」

カーツ君がうーんとうなる。

「急いでダンジョンに入ろうとして、転んでそのまま魔物に食べられそうだ」

うっ。

そ、そうですね。５歳児並みのレベルでした……。はい。素早い動きもできません。体力もありません。

うぐぐ……。３日間の辛抱……。

と、思っていたら、ポーション畑の真ん中にチョーンと小さなテントがありました。

「これ、冒険者用テントな。魔物除けの薬草が刷り込んであるんだよ。中級モンスターまでなら寄せ付けない」

なんと！

ダンジョンの中にまさかのテント！　そして、ゴキスラ避け機能まで付いてるの！

テントというよりは、なんだろう、木を何本か立ててそこに布を被せて、円錐状の物が出来上がっている。中は、６畳くらいの広さかな？

大人が５人は十分に寝られそう。いろいろ動き回って作業もできそうな広さだ。

大きな袋や箱が縁に寄せてある。非常用のセット、他に何があるのかな。食べ物はパンと何があるのかな。

うーん、とりあえず明日、考えようか。キリカちゃんを抱っこする腕が疲れてきた。

「カーツ君、寝ようか？」

「うん。今毛布出すよ」

「ありがとう」

ダンジョンの中は寒いわけではない。毛布は３人分１人１枚ずつあったけど……。

硬い地面の上に寝るのがつらかったので、３枚の毛布を重ねて地面に広げてもらう。

ぎゅっとくっついて寝れば、十分な広さだ。

毛布の入っていた袋を掛け布団代わりにカーツ君とキリカちゃんの上に掛けた。
おやすみなさい。

6章　異世界生活6日目～「ダンジョンで料理」

太陽の光を浴びていないので、時間の感覚がなくなりそうだ。

ダンジョンの入口からは、昼間は光が見えるのだけれど、やっぱり中から太陽の光を見るだけでは足りないらしい。

今日でダンジョン内テントの生活3日目。

1日目は朝起きてパンを食べ、ポーションの収穫をして昼にパンを食べ、午後もポーションの収穫。夜にパンとポーションを飲んで眠った。

2日目も同じように1日過ぎた。

ああ、もう、いやだ。パンばかりで飽きたよっ！

「懐かしいなぁっていうか、ほんの数日前までこんな生活だったんだよなぁ」

3日目の朝に、カーツ君がパンを見つめながら口を開いた。

「うん、毎日パンばっかりだったよね、ユーリお姉ちゃんが来る前。でも、今の方がずっといいよ。だって、ジャムがあるもんっ。キリカ、ジャムつけたパン好き！」

ううう っ！　そういえば小屋ではパンとポーションとジャガイモ生活だったんだっけ？　ジ

ャムがあるだけずっと幸せだなんて……。

私にはつらくて、とても続けられない。

テントの中の荷物をガサガサと探る。

あるのはポーションとパンとジャガイモと魔法石。火の魔法石、水の魔法石、風の魔法石、光の魔法石。

あと、蓋のしてある壺。

ん？　この壺なに？

蓋を引っ張ってみるけど、開かない。

密封され具合がすごい。……まぁいいや。

ああ、せめてジャガイモ食べたいな。

「おや？　これは？」

水筒があった。63度のお湯を出す加工に使っていたものと同じだ。

「水飲む？」

水分補給はポーションで行っていた。うん、糖分摂りすぎるよね。水の魔法石使えばよかったんだ。

「ねぇ、カーツ君、キリカちゃん、料理しようか？」

私の言葉に、キリカちゃんが「うんっ！」と嬉しそうに返事をくれた。

「何言ってるんだよっ！　まだ小屋には帰れないんだぞ！」

カーツ君の焦りはごもっとも。

「えっと、カーツ君、ナイフ持ってるよね？　貸してもらっていいかな？」

包丁はないけど、ナイフはいつも持ち歩いていたはずだ。手のひらサイズのナイフ。大丈夫。果物ナイフだと思えば扱えるはずって、両刃だっ！　仕方がない。皮を剥こうと思ったけれど、皮付きでいいや。皮が緑になってないからお腹も痛くならないはず。

一口サイズにカットして、水筒の口から入れる。そこに水の魔法石と火の魔法石。

「【ジャガイモが浸るくらいに水を満たし、水を沸騰させ沸騰したらジャガイモが踊らないように温度を維持】」

こんな指示の仕方で大丈夫かと思ったけれど、大丈夫でした。

すぐに水筒の革袋がふわっと膨らみ、水が入ったのが分かる。それから、熱くなってきて、口から蒸気がもくもくし始めた。手で持っていられないので、紐で吊ることにする。

そろそろ茹ったかなぁってところで「【解除】」と、魔法石の機能を停止。

でもって、お湯を捨ててから「【熱くなれ水気を飛ばす】」と、火の魔法石に命じて、革袋の水筒を振る。

そこに、醤油を少し入れて再び振る。

「【解除】」

袋を逆さにして、木製の皿に中身を取り出す。

「醤油味粉ふき芋の出来上がりです」

……こんなのしかできないけど……。

「うわー、すごいの、ユーリお姉ちゃんすごいの！」

「なぁ、食べていいか？　実は俺、もうパンばかりでいやになっちゃってたんだ。あんなに嫌いだった野菜が今は懐かしいんだっ！」

「どうぞ」

水筒に再び水を入れて中を洗って乾かしておく。

火の魔法石と水の魔法石、すんごく便利だなぁ。

「いただきまーす！」

うん。ほくほく、あつあつ、美味しい。

もっといろいろな材料があればいいのに。

冷蔵庫がないから保存ができない。バターは無理かな。でもチーズはないかな。

卵は常温で10日くらいは大丈夫なはずだ。

スーパーの売り場で、冷蔵されてないものは常温でいける。買ってすぐに冷蔵庫に入れちゃうから勘違いしがちだけど。

……街、やっぱり買い物するために1度街に行った方がいいよね。

何を売っているのか知っておけば、買い物の注文もしやすい。

魚も湖で釣れるけど、淡水魚ばかりだもん。日本で育つとどうしても海水魚も食べたくなる。

……タコとか売ってるかな？　海外ではデビルなんとかって呼ばれていて食べないとか聞いたことがある。タコを食べるのは日本とイタリアくらいとかなんとか……違ったかな。

「ユーリお姉ちゃん何を考えてるの？」

「えーっと、デビルなんとかって美味しいんだけどなぁってこと？」

「え？　デビルなんとかってなんだ？　悪魔？　美味しいのか？」

えーっと、しまった。タコって言えばよかった。

「うんと、デビルなんとかっていう名前で呼ばれることもあるけど、故郷ではタコって言ってね、たこ焼きとか美味しいよ」

「タコ？　タコってどんなの？　おいしいの？　キリカ食べたいっ！」

キリカちゃんの目が輝く。

「この国で手に入るかなぁ……」

あんまり期待させてもダメだ。海産物がどうなってるのか分からないし、タコを食べる習慣がない国だとタコ漁もしてないだろうし。

それに、たこ焼きを作るための材料がどう考えても揃わない。カツオ出汁とかないと味気ないだろうし、そもそもあの丸い鉄板が……。

「俺が捕まえるよ！　今すぐには無理かもしれないけど、冒険者になって世界中回って、そのタコっての、捕まえてくる」

カーツ君の目も輝いてる。

そっか。世界中を旅しても、何か捕まえたら私のところに持ってきてくれるの？

小屋を出ても、時々帰ってきてくれるんだ……。

嬉しい！　じゃぁ、私はたこ焼きの鉄板とか頑張って手に入れてみせるよ！

「タコは、足が8本あって、口から墨を吐くの。で、にょろにょろとして」

と、タコの説明をするとキリカちゃんが手を挙げた。

「キリカ知ってる！　足が8本あってにょろにょろはクラーケンだよね？」

え？　クラーケン？　どこかで聞いた気がする。

「そうだ、クラーケンだ！　ユーリ姉ちゃんの故郷って、そんな強いモンスターを食べるのか？　ダンジョンの中だと倒しても消滅しちゃうから、ダンジョンからおびき寄せてダンジョンの外で倒して食べてるのか？」

ん？　え？　モンスター？　タコが？

デビルなんとかって呼ぶ国もあるから、モンスターなんとかって言う国もあるのかな？

のんきに会話していたら、バキバキメリメリと不気味な音が聞こえてきた。

木が倒れる音、岩が砕ける音、それから、キーンという金属がぶつかる音など、音の種類は増え、音量もどんどんと大きくなっていく。

「こっちの方にもモンスターが来たんだ。上級ダンジョン周辺では抑え切れなかったなんて、よっぽどの数のモンスターがダンジョンから出てきたんだな」

カーツ君がダンジョン内テントから出て、外の様子を見るためにダンジョンの入口に移動した。

「お前ら、無事か？」

ちょうどその時、ダンジョンの入口に薄汚れた顔が覗いた。

泥と汗と、変な色の液体と、それから……ところどころ血の跡もある。

無精髭が伸び、目の下には少々の隈。

「ローファスさん、大丈夫ですか？」

「ああ、あと半日だ。あと半日で軍が到着するはずだ。レベル的には問題はない。ただ、思ったより数が多くて交代で寝る暇もない。もう冒険者の誰もが手持ちのポーションでは足りない状態だ。初級ポーションでもないよりはましだから、悪いが……」

「うん、いいよ！　持ってくるっ！」

テントの中に持ち込んであるポーションを、カーツ君が取りにいった。

ポーションが足りない？

初級ポーションなんて、ローファスさんレベルの……ううん、今モンスターと戦っている冒険者の人たちにとって、どれほど役に立つというの？

「待って、全部は持って行かないで！　私、料理するよ！」

粉ふき芋を作れたんだ。革袋と魔法石があれば、煮物はできる。

肉じゃが。そう、肉じゃがを作ろう。肉は干し肉がある。ジャガイモもある。

「干し肉を持ってきてくれれば1時間……ううん、30分で作るから！」

ローファスさんが戸惑いを見せた。

「助かるが、まだハズレポーションのことは……」

あ、そうか。でも……。

「あのね、ユーリお姉ちゃんの故郷だと、クラーケンがおいしいんだって。知らないことがいっぱいなんだよ」

キリカちゃん、タコだよ。クラーケンは食べないからっ！

ローファスさんがキリカちゃんの頭を撫でた。

「そういうことか。回復能力はハズレポーションじゃなくて、ユーリの故郷の何かの肉だかなんだかだってことにすればいいってことだな。何なら、俺が他の人が行けないようなダンジョンの深層に潜った時に入手した、ドロップ品とでも誤魔化すこともできるか」

ニヤリとローファスさんが笑い、すぐに小屋から干し肉を取ってきてくれた。

「頼む、ユーリ」

うん。もちろんだよ。

私はヒーローにはなれないけど、ヒーローの手助けをする基地のスタッフにはなれるとか、かっこいいじゃない！

「カーツ君もキリカちゃんも手伝ってね！　まずはジャガイモをカットして」

2人が力強く頷いてくれた。

「ローファスさん、大変だ」

そこにブライス君が現れた。

ブライス君もかなり汚れているが、ローファスさんほどではない。前線と後方支援との違いだろうか。それでも、疲労の色は顔に現れている。

「なんだ？　大変ってのは？」

「大物が現れた……いや、周りのモンスターを飲み込んで巨大化し続けている」

ブライス君が小屋とは違う方向を指差している。

「なんてことだ。まさか……くそっ。そいつを街に行かせるわけにはいかない」

ローファスさんの顔が引きしまる。

「ブライス、救援信号を空に向かって３つ」

救援信号？

「大丈夫なの？」

不安で胸がバクバクと大きく音を立て始める。

ブライス君が空に向かって火の玉を３つ打ち出した。ローファスさんはもう、ダンジョンの入口から見える位置にいない。

「魔力さえ回復すれば、足止めくらいはできるんですが……今は僕とローファスさん２人の力では足止めは難しいんです。だからA級冒険者に応援を頼みました。大丈夫です。クラーケンの足は遅い。軍が来るまで街へは入れない」

「クラーケン？」

カーツ君が、大声を出した。

するると、ドスンと大きな音がして、それはそれは大きな大きなタコの足が、ブライス君の背後でグネグネとうねっているのが見えた。あれはタコ……、巨大なタコだっ……。

「ぼやぼやするな、ブライス。魔力が回復するまで、お前もダンジョンに入ってろ！」

ザンッ……と、ブライス君に襲いかかるタコの足を目掛けて、ローファスさんが剣を振るっている。

「ちっ。ったく、こいつは弾力がありすぎて、剣の通りが悪いから厄介なんだ！」

と、ぼやきながら、ローファスさんは地を蹴り、振り下ろされてきたタコの足を避けて飛び上がった。その瞬間、ドンッと背を蹴って、ブライス君をダンジョンの中に入れた。

「ほらほら、こっちだ」

ローファスさんが、拳サイズの火の玉を飛ばして、クラーケンを挑発する。

「僕も、まだ少しなら、ＭＰが残ってる」

すぐにダンジョンを出ていこうとするブライス君の手を取り、引き止めた。

「角煮の干し肉は持ってる？」

干し肉を単体で食べたところで、十分な効果はないだろう。でも、それをパンに挟んで料理をすれば、補正値が付く。ＭＰ回復のスピードも格段に上がるはずだ。

「もうありません。１日目にかっ飛ばしすぎて使い切りました……ローファスさんと特訓しているようなつもりで、つい……」

特訓では、大きな魔法をバンバン使っていたみたいだったもんね……。

でも、そうか。もうないのか……だったら、肉じゃがを早く作って食べてもらうしか……。

ブライス君の視線は外を向いている。

「ユーリさん、手を離してください。いくらローファスさんとはいえ、1人では不利だ。相手は手足が8本もある。大きな魔法は使えなくても、小さな魔法でも、手足の1本2本引き付けるくらいはできます」

ドシンと、地が揺れるほどの大きな音が響く。タコの足が地面を叩きつけた音だろう。岩が崩れる音もする。

ダンジョンの入口から見えるのは、タコの足だけだ。足があんなに大きなタコ、一体、本体はどれほどの大きさなのか。

ローファスさんは大丈夫なのかな。確かに、1人よりは2人の方がいいのかもしれない。だけど、ローファスさんがブライス君をダンジョンの中に放り込んだのだ。

外に出すのがとても正解だとは思えない。

でも、でも……。

欠片でもないの？　角煮。角煮があれば……。

目の端に映った。

「あ！　あった！」

そうだ、忘れていた！

「ブライス君、もう少しだけ、あと2分待って！」

これが何の壺なのかすっかり忘れていた。

真空保存できるんじゃないかって、角煮を入れて風の魔法石で中の空気を抜いた壺だ。

ちゃんと保存されていれば……。

壺を持ってきて、ブライス君の前で開けようとしたけれど、開かない。

そうだ、蓋が開かなかったんだ。割ろう。割ればいい。

「【解除】」

ブライス君の声と共に、力いっぱい引っ張っていた蓋が勢いよくすぽーんと抜けた。

ぐにゅっ。痛い。思いっ切り尻もちついたよ。

「か、解除か……あ、そうか。ずっと空気を抜き続けてるわけで、引っ張られて蓋が引っ付いて取れるわけないか……」

スープ皿をブライス君の手に渡す。

「この中に、うまく保存されていれば角煮があるから、それを食べればMP回復するよね！」

壺をひっくり返して皿の上に中身を出した。

カラン、カラン、カラン……。

「え？」

皿の上には、小さく縮んでカラカラになった角煮が出てきた。

「失敗？」

そんな……。

「壺の中で干し肉が作れるんですか？」

ブライス君が皿の上のカラカラを1つ手に取った。

「あれ？　なんか干し肉とも持った感じが違いますね？」

なんで失敗？

真空パックとかをイメージしたんだけど……。

「あ、まさか！」

カラカラの干し肉を1つ手に取る。

「軽い……。やっぱりそうだ……。きっとそうだ……」

テントから、火の魔法石と水の魔法石と水筒を取ってくる。

「【水を4分の1くらい満たして、沸騰させてから、解除】」

すぐに水筒でお湯が沸く。

それを、カラカラになった角煮にかけた。3つの欠片がお湯を吸ってふっくらしていく。

「こんなに短時間で水分を吸うなんて……やはり干し肉とは違う？」

「ステータスオープン」

1つ確認のために口に入れる。

味は大丈夫だ。HPも減らない。お腹が痛くなるような悪いものではない。大丈夫だ。

偶然だけれど……。

「真空状態にして沸点を下げて乾燥処理して作るって……なんかよく分かんないけど、いろいろな条件が重なったおかげなのかな。空気抜きすぎて、フリーズドライ食品が作れちゃったみたいです」

フリーズドライ食品。お湯をかければすぐに出来たての味が楽しめる優秀な食品だ。

ステータスには、補正値がばっちり付いていた。

「食べて。もう1つはローファスさんに」

ブライス君がお湯で戻した角煮を口に入れた。

「すごい、出来たてと遜色ない味です……ああ、MPもすごい勢いで回復していく。これなら、クラーケン程度足止めするには十分です」

クラーケン程度……。

う、うん。ブライス君の魔法は確かにすごかったけど……。

角煮の効果が切れる前には肉じゃがも出来上がっているはずだ。

「ありがとうユーリさん。行ってきます」

ブライス君が皿を手にダンジョンを出ていった。

……ああ、食べながら戦うヒーローってのも、なんか新しいなぁ。

いや、あったなぁ。ヒーローじゃないけど、ほうれん草を食べるとパワーアップするやつとか、小さいメカの素を食べると味方を出すロボットとか……。

なんてどうでもいいことを考えていると、ダンジョンの外から声が聞こえてきた。

「なぜ出てきたブライス、戻れ！」

「【火の玉よ、クラーケンの頭を包み込め】」

「ブライス、魔力が回復したのか？」

「ローファスさん、ユーリさんから贈り物です」

ブライス君がひゅんっと皿を投げるのが見えた。皿の中のお湯が飛び散り、角煮だけがちょうどローファスさんの顔を目掛けて飛んでいった。

なんというコントロール。

そして、私のような、何かを受け取る時に失敗する、ということを全く考えていない行動ですね。私なら受け取れない。

だけど、ローファスさんは、タコの足を剣で払いながら、見事に角煮を口に入れた。体は真横になった体勢でだよ……。すごすぎる。

「はっ、ブライス、救援信号、必要なかったな」

ローファスさんの顔色が心なしかよくなったように見える。

まるで、朝の特訓のように、2人の動きは活発になり、タコが混乱して手足をばたつかせているのが見えた。

「ユーリお姉ちゃん、ジャガイモ切れたよ」

そうだ、こうしてはいられない。

「じゃぁ、水筒に入れてね」

ジャガイモ、干し肉、火の魔法石、水の魔法石、それから味付けは醤油ポーションとみりんポーションと酒ポーションとMPポーション。

それから、味に影響ない程度に少しだけ当たりポーションと酢ポーションも入れる。

入れる量が少ないとどうなるのか分からないけれど、効果が出るといいな。

あとは水筒が勝手に作ってくれる。火の調整もいらないから、なんか保温鍋っていうの？

あとは勝手に煮込んでくれるっていうそういうやつみたい。すごく便利。しかも、この方法ならかまどいらないし。鍋も。

なんか日本で作ってた「ビニール袋料理」みたいだよね。ビニール袋に具材入れて、それを何種類か作ってお湯を入れた鍋で1度に何種類か火を通すっていう節約レシピ。

水筒袋の中っていうのがそれっぽい。あ、違う、なんかあったよ、ステンレスボトルにパスタ入れておくとできるっていう水筒料理っていうのもあったか。……そっか。日本でも似たようなもんだった。そんなに画期的でも新しいことでもなかった。

「ユーリ姉ちゃん、あとは何をすればいいんだ？」

カーツ君の言葉に首をひねる。今できること？

「初級ポーションでもないよりはましみたいなので、冒険者の皆さんに配れるように収穫しましょうか？」

今の私の仕事は、ポーション畑でポーションの収穫をすることだから。

ちゃんと仕事します。

自立するために。

◆◇◆◇◆

「おーい、ユーリ飯だ飯！　そろそろできてるんだよな」

へ？

およそ30分後、ローファスさんがニッコニコの顔でダンジョンの中に入ってきた。

「ローファスさんっ！　タコのバケモノは？」

「ん？　クラーケンのことか？　魔力の消費も体力の消費も気にせず、俺とブライス２人が全力で向かっていったら、あっさり倒せたぞ」

え？

「まったくローファスさん、あれは全力で向かっていくんじゃなくて、策もなく無謀に突っ込んでいったが正しいですよね？　何度肝が冷えたことか」

ブライス君がローファスさんの後ろから顔を見せる。

「ちゃんと策はあったぞ？　俺が危なくなったらお前の魔法が飛んでくるって策がな」

ローファスさんが、ブライス君の頭を抱えてぐりぐりと撫で回した。

「ちょっ、ローファスさん、それは策とは言いませんよっ」

ふっ。ふふふふっ。

「ローファスさんはブライス君を信じてたから、無謀とも思える行動ができたのね」

ブライス君が頬を染めた。信頼されているのが嬉しいんだろうなぁ。

「ま、そういうことだ。これからも頼むぜ、ブライス」

「こっ、これから？　何言ってるんですか？　僕はまだ冒険者になりたてで、飛び級したと言ってもD級で、S級のローファスさんと一緒に依頼は受けられませんよ！」

ブライス君の言葉に、ローファスさんがにぃーっと笑う。

「さて、ギルド長と相談しなくちゃなぁ」

ブライス君が顔を青くした。

「悪い予感しかしない……」

そうかな？

そういえば……。私が初めてこの世界に来た日、ローファスさんは私に勝手に仕事を紹介したんじゃなかったっけ？　職員の人に、あとでギルド長に叱られても知らないと言われてなかったっけ？

……あの時から、結構ローファスさんは自由人だったわけで。

ギルド長に相談しないと自由にできないことってなんだろうね？

うん。ブライス君頑張れ！　でも……。

「ローファスさん、無茶はダメですからね？　ローファスさんに何かあったら、私、泣きますから」

ローファスさんの傷だらけの手を握りしめる。

「あっ、ああ。おう、……うん」

ローファスさんが煮え切らない返事をした。

全く！　分かってるのかなっ！　泣くのは私だけじゃないよ。キリカちゃんやカーツ君だって絶対悲しむ。今までどれだけの子供たちがこの小屋を巣立っていったのか知らないけれど、みんないっぱい悲しむ。

「それに、ブライス君に何かあったら……」

もし、これから2人で行動するんだったらだけど。忠告しておく。

冒険者は自己責任が基本なんだろうけど、でも、一緒に行動するなら、やっぱり……誰かの無茶のせいで誰かが犠牲になるのはおかしい。

じっとローファスさんの顔を見る。

ん？　待って、何かあったら、どうしたらいいのかな？

恨む？　いや、恨むっていうのも変？

何か言おうとして結局出てきた言葉は……。

「もう、ご飯作りません」

ああぁ！　何言ってるんだろう、私。

これ、拗ねた子供が言うようなことだよね。もう一緒に遊んであげないみたいなさ……。

「もちろん、ブライスは全力で守るっ！　任せてくれ！（きっぱり）」

どんっとローファスさんが胸を拳で叩いた。

さっきの煮え切らない返事とは雲泥の差ですね。私の涙よりもご飯が大事ですか。ちょっと複雑な気持ちになるんですけど、まぁいいです。どんな理由であろうと、命を大切にしてくれるなら。

「なぁ、ローファスさん、もう外に出ても大丈夫なのか？」

カーツ君の問いに答えたのはブライス君だった。

「まだですよ。クラーケンは倒しましたが、まだ他のモンスターはいますからね」

「ねー、じゃぁ、倒しにいかないの？」

キリカちゃんが尋ねた。

ローファスさんはずかずかとダンジョン内テントに移動しながら、のんびりした口調で答える。

「大丈夫、大丈夫。クラーケンが他のモンスターを飲み込みながら巨大化したって言っただろう？　それでかなりの数のモンスターが減ったから。他の冒険者に任せておいても平気、平気」

そんなもの？

「でも、他の皆さんも不眠不休で頑張っているんですよね？　せめて、これを届けてあげられないですか？」

革袋の水筒から、出来上がった肉じゃがを皿に出す。

「うまそう！」

ローファスさんの手が伸びるので、手が届かないように皿を背に隠す。

「ユーリっ」

ローファスさんが涙目だ。

「必要があればそうした方がいいでしょうが、もう大丈夫でしょう。ポーションの秘密はまだ知られない方がいいですからね。危険を冒すことはありません」

ブライス君の説明に、ローファスさんはぶんぶんと首が千切れそうなほど縦に振っている。

「そう、なんですか？　自分が食べたいわけではなくて……？」

あ、ローファスさんの首が止まった。

「でしたら、軍が到着するまで残しておきましょう。想定外の強いモンスターがまた現れるかもしれませんよね？」

あれ？　ローファスさんの首がうな垂れた。

ぐぅーっと、すごい音が聞こえてきた。

「あ！　ごめんなさい！　そうか、不眠不休はローファスさんもブライス君もでしたね。食事もまともにできていないんですよね。今何か用意しますね！」

肉じゃがの肉を少し使おう。パンに挟めばパンだけを食べるよりは少しは美味しく食べられるんじゃないかな。

と、準備し始めたところ、カーツ君が私の袖を引っ張った。

「なぁユーリ姉ちゃん、故郷ではクラーケン美味しく食べるんだろ？」

「何？　クラーケンが美味しい？　！　待ってろ！」

ローファスさんが光の速さでダンジョンから外に出ていき、すぐに人の大きさほどもあるタコの足を担いで戻ってきた。

で、でかっ！

そういえばダンジョンの外で倒されたモンスターは消えずに死体が残るって言ってた。だから、クラーケンそのまま残ってるんだ……。

「うわぁぁぁぁっ！」

ローファスさんが悲鳴を上げた。

でも、ダンジョンの中では消えるんだよね。

そう、ローファスさんの手からタコの足は消えました。

「うわぁぁぁぁっ！」

まだ叫んでます。そんなにショックなんだろうか。

ふふふっ。

「さぁ、ローファスさん、ブライス君、今はこんなものしかないけれど、どうぞ、召し上がれ」

エピローグ

ハズレポーション醤油――防御力プラス補正
ハズレポーション料理酒――ＨＰプラス補正
ハズレポーションみりん風調味料――攻撃力プラス補正
ハズレポーション酢――俊敏性プラス補正
当たりポーションジンジャーエール――ＨＰ回復（上級ポーション並みの効果）
当たりＭＰポーションコーラ――ＭＰ回復（上級ＭＰポーション並みの効果）

「えーっと、それから……」

「ユーリお姉ちゃん、何してるの？」

キリカちゃんが、テーブルでメモを取っていた私の手元をのぞき込んだ。

「それぞれのポーションにどんな効果があったのか、メモしてたんだよ。それから、料理のレシピもね、清書しようと思って」

キリカちゃんが、レシピが書かれているメモを見る。

「これ、何の料理？」

レシピには、簡単な完成図も描いてある。

「これはね、ハンバーグ」

「ハンバーグって、どんな料理だ？」

サツマイモを抱えて、カーツ君が畑から戻ってきた。

「肉を細かくして、作る料理かな」

カーツ君が首を傾げた。

「肉を細かくする？　でも、この絵は細かい肉に見えないぞ？」

「うーんと、細かくしたものを、またまとめて焼いてあって……ああ、なんて説明すればいいのかなぁ……」

「あ、キリカ分かったよ！　おにぎりみたいにするんだよね！」

キリカちゃんがニコニコ笑っている。

「そういうことか！」

えっと、肉以外にもいろいろ混ぜるから……おにぎりとも違うというか、えーっと。

「今度、材料が揃ったら一緒に作ろうね？」

ハンバーグのコーラソースがけというレシピを見たことがある。ＭＰポーションが使えるはずだ。　和風ハンバーグなら、ハズレポーションの醤油とみりんが使える。

「うん、キリカ、お料理大好き！」

「俺も！」

小屋のドアが開いた。

「俺も、料理は大好きだぞ！」

ローファスさんの言葉に、ブライス君が突っ込んだ。

「ローファスさんは、料理をすることじゃなくて、料理を食べることが好きなんですよね？　僕は、料理も、料理を作るユーリさんも、大好きです」


私は……

みんなと料理を作るのも、みんなが料理を食べて笑顔になるのを見るのも大好き。

みんながいるこの世界が大好きだよ！

これからもポーション料理を作るから、また笑顔を見せてね！

あとがき

お手に取っていただきありがとうございます！

初めまして！　富士とまとです。いきなりですが、よく尋ねられる質問にこの場を借りて答えようと思います。

「とまとが好きなんですか？」……いえ、特にそういうわけではありません。

それから、なぜか一度も尋ねられたことがないのですが、答えておきます。

「富士山が好きなんですか？」……いえ、特にそういうわけではありません。

というわけで、富士とまとです。お見知りおきを！


ポーションチートもの、楽しいですよね。料理チートもの、楽しいですよね。

よし！　混ぜちゃえ！　ぐーるぐーる……。というわけで、生まれたこの作品「ハズレポーションが醤油」、楽しんでいただけたでしょうか？

初級ポーションとあるように、今後中級ポーション、上級ポーションと出したいと思っております。ポーションをコンプリートするまでお付き合いいただけると嬉しいです（昔売っていた某ゲームの青いポーションはコンプリートできませんでした。今も未開封で持っています）。

名古屋圏の人間なので、味噌もいつか必ず！　……当然赤味噌になりますが、赤味噌、白味噌、合わせ味噌に、八丁味噌とバリエーションも出せたらいいなぁ。でも、まずは出汁！　何か出汁のもとを見つけないと……。と、まだ見ぬその先を考えているのがとても楽しいです。皆様も一緒に楽しんでいただければ最高です！

最後になりましたがお礼を。
素敵なイラストを描いてくださったゆいち先生、ありがとうございます！　担当様、校正様、デザイナー様、それから多くの出版まで携わってくださった皆様ありがとうございました！
そして、公式ツイッターの中の人！「応募してみれば？」の言葉がきっかけでツギクル様で出していただけることになりました。ありがとうございます。小説家になろう掲載時から応援してくださっている皆様ありがとうございます。

そして何より、今この瞬間ここを読んでくださっているあなた！　ありがとうございます！

またお会いできる日を夢見て。

富士とまと

SPECIAL THANKS

「ハズレポーションが醤油だったので料理することにしました」は、コンテンツポータルサイト「ツギクル」などで多くの方に応援いただいております。感謝の意を込めて、一部の方のユーザー名をご紹介いたします。

遊紀祐一（ユウキ　ユウイチ）　蘭々　じゃくまる

妖怪さとり　紫龍帝　ねこキック　鬼ノ城ミヤ

黄パプリカ　ともじ　ちかえ　ラノベの王女様

夢月真人　一宮直規　Inazuma Ramone

yuny　蒼香　s_stein

ツギクルAI分析結果

「ハズレポーションが醤油だったので料理することにしました」のジャンル構成は、ファンタジーに続いて、恋愛、SF、ミステリー、歴史・時代の要素が多い結果となりました。

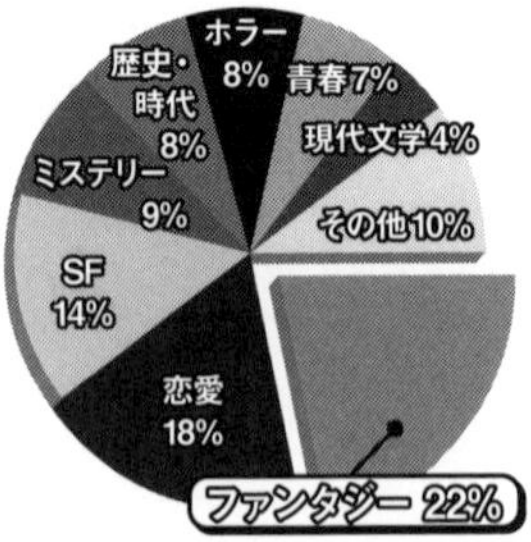

次世代型コンテンツポータルサイト

ツギクル　https://www.tugikuru.jp/

「ツギクル」はWeb発クリエイターの活躍が珍しくなくなった流れを背景に、作家などを目指すクリエイターに最新のIT技術による環境を提供し、Web上での創作活動を支援するサービスです。

作品を投稿あるいは登録することで、アクセス数などの人気指標がランキングで表示されるほか、作品の構成要素、特徴、類似作品情報、文章の読みやすさなど、AIを活用した作品分析を行うことができます。

今後も登録作品からの書籍化を行っていく予定です。

ツギクルブックス

本書に関するご意見・ご感想、富士とまと先生、村上ゆいち先生へのファンレターは、下記のURLまたはQRコードよりツギクルブックスにアクセスし、お問い合わせフォームからお送りください。
http://books.tugikuru.jp/

本書は、「小説家になろう」（https://syosetu.com/）に掲載された作品を加筆・改稿のうえ書籍化したものです。

ハズレポーションが醤油《しょうゆ》だったので料理《りょうり》することにしました

2018年8月25日　初版第1刷発行

著者　富士《ふじ》とまと

発行人　宇草 亮
発行所　ツギクル株式会社
〒106-0032　東京都港区六本木2-4-5
TEL 03-5549-1184
発売元　SBクリエイティブ株式会社
〒106-0032　東京都港区六本木2-4-5
TEL 03-5549-1201

イラスト　村上ゆいち
装丁　AFTERGLOW

印刷・製本　中央精版印刷株式会社

定価はカバーに表示してあります。

乱丁本、落丁本はお取り替えいたします。

本書の内容を無断で複製・複写・放送・データ配信などをすることは、かたくお断りいたします。

©2018 Tomato Fuji

ISBN978-4-7973-9769-7
Printed in Japan

著／kitatu
イラスト／阿倍野ちゃこ
弱小貴族の異世界奮闘記
～うちの領地が大貴族に囲まれてて大変なんです！～
2
第2回ツギクル小説大賞 大賞受賞作
ピンチの連続でも諦めない
領地経営ドタバタコメディ
弱小貴族として奮闘するドレスコード領は、徐々に活気にあふれてきた。
同時に、食糧不足などの新たな問題も発生。
これらの問題に取りかかりながらも、クリスは学園の一大イベントである模擬戦の準備を行う。強力な大貴族に対して自分の立ち位置を好転させるため、模擬戦での作戦を練るクリスだったが・・・。
異世界に転生した弱小貴族の奮闘の行く末は？
本体価格1,200円＋税
ISBN978-4-7973-9781-9
ツギクルブックス
http://books.tugikuru.jp/

平凡な冒険者ヴォルフは、謎の女に託された赤子を自分の娘として育てる。
15年後、最強勇者となるまで成長した娘レミニアは、王宮に仕えることに。離れて暮らす父親を心配したレミニアは、ヴォルフに対してこっそりと強化魔法をかけておいた。
そんなことに気付かないヴォルフはドラゴン退治などを行い、本人の意図せぬところで名声が徐々に広まっていく。

平凡な冒険者が伝説と呼ばれるまでのストーリー、いま開幕！

本体価格1,200円＋税　ISBN978-4-7973-9770-3

ツギクルブックス

http://books.tugikuru.jp/

World of Palma
ゼロから始める
異世界コンビニ
経営ファンタジー
異世界コンビニ おもてなし 繁盛記
著／鬼ノ城ミヤ
イラスト／シソ
異世界のコンビニは
人情にあふれてます！
零細コンビニ「おもてなし」を孤独に営んでいた田倉良一（タクラ）は、
突然、コンビニごと異世界に転移。
右も左も分からないまま商店街組合に加入したタクラは、
生活のためにコンビニ経営に乗り出す。
コンビニ「おもてなし」には、異世界人にとって珍しいものだらけ。
鬼人族の剣士や猫人族の女職人など亜人種族がやってきて、連日大盛況。
ある日、人見知りの魔術師がやってきて、タクラの運命は急転していく――。
本体価格1,200円＋税
ISBN978-4-7973-9498-6
ツギクルブックス
http://books.tugikuru.jp/